TOUCHED
TO DIED

건들면
죽는다

FUSION FANTASTIC STORY
다크홀릭 퓨전 판타지 소설

건들면 죽는다 13

다크홀릭 퓨전 판타지 소설

초판 1쇄 찍은 날 § 2016년 1월 6일
초판 1쇄 펴낸 날 § 2016년 1월 13일

지은이 § 다크홀릭
펴낸이 § 서경석

편집책임 § 김현미

펴낸곳 § 도서출판 청어람
등록번호 § 제387-1999-000006호
등록일자 § 1999. 5. 31
어람번호 § 제1-2330호

주소 § 경기도 부천시 원미구 심곡2동 163-2 서경B/D 3F (우) 14640
전화 § 032-656-4452팩스 § 032-656-4453
http://www.chungeoram.com
E-mail § chungeorambook@daum.net

ⓒ 다크홀릭, 2013

ISBN 979-11-04-90587-2 04810
ISBN 978-89-251-3509-0 (세트)

TOUCHED
TO DIED

건드리면
죽는다

FUSION FANTASTIC STORY

다크홀릭 퓨전 판타지 소설

[완결]

13

청
어
람

CONTENTS

Chapter 01

전설의 시작

건들면 죽는다

1

전설에 의하면 인간이 마법을 쓸 수 있게 된 것은 드래곤 때문이라 한다. 하지만 아무리 노력해도 드래곤의 마법 수준을 따라갈 수는 없었다.

사실 여기에는 비밀이 하나 숨어 있었다.

과거 드래곤들은 인간을 부려먹기 위해 마법을 가르쳐 주긴 했지만 그들의 잠재력을 은근히 꺼려 해서 한계를 만들어두었던 것이다.

그 첫 번째가 바로 마법사의 체력 약화이다.

마법을 사용하려면 마나를 늘려야 하고 두뇌 활동을 지속해야 한다. 그것을 빌미로 육체를 소홀히 해야 마법 실력을 더 늘릴 수 있는 것처럼 속여 왔다.

하지만 그것이야말로 인간이 결국 마법의 한계를 느끼게 되는 가장 큰 함정이었다.

그리고 무려 이천여 년 만에 그것을 깨뜨리는 마법사들이 등장하려 하고 있었다. 그들은 이런 사실을 꿈에도 모르고 있었지만 말이다.

"단장님, 어떤 마법으로 시작하실 생각입니까?"

"절대 다수를 공격해야 하니 아무래도 크고 화려한 것이 좋지 않겠소?"

"허허, 제 생각도 그렇습니다."

잭슨 백작군을 향해 달려가는 숀의 마법군단 안에서 칼베르토가 멀린에게 다가와 이렇게 물었다. 그는 테우신 백작의 마법사로 있을 때 크롤 백작의 지원군으로 합세했다가 숀의 수하가 된 5서클 마법사이다.

한때는 세상 무서운 줄 모르고 멀린에게도 대들던 그였지만 지금은 그 마법군단 내에서 부군단장 역할까지 맡고 있을 만큼 큰 힘이 되고 있는 사람이기도 했다.

"그럼 부군단장께서는 어떤 마법이 가장 좋을 것 같소?"

"가장 먼저 떠오르는 것은 역시 파이어 볼입니다만 적이 워낙 많으니 라이데인(Lighthein) 마법도 괜찮을 것 같습니다."

라이데인은 어느 일정 범위 안에 벼락을 떨어뜨리는 마법으로 원래는 3서클 마법이지만 상위 마법사가 쓰게 되면 그 위력이 배가 되는 특성이 있다. 게다가 지금처럼 다수의 적을 상대할 때는 적들의 혼란을 극대화시킬 수도 있어서 아주 효과적일 수 있었다.

"아하, 그거 아주 좋은 생각이로군요. 좋습니다. 그럼 첫 번째 공격은 라이데인으로, 그리고 두 번째는 파이어 볼로 하겠습니다. 참, 물론 이 두 개 마법은 모두 캐스팅해 놓았겠지요?"

"물론입니다."

잭슨의 군대와 마주치려면 좀 더 시간이 걸리겠지만 멀린의 준비성은 철저했다.

그는 이곳으로 달려오기 전 이미 모든 마법사에게 중요 마법을 미리 캐스팅하도록 지시한 것이다.

"좋습니다. 그럼 모두에게 그렇게 알리십시오."

"알겠습니다, 군단장님!"

현재 이곳에 모여 있는 마법사들은 대부분이 4서클 이상의 실력자들이다. 그런데도 그 숫자가 무려 서른 명에 육박한다.

누군가 이들의 서클과 그 숫자를 정확히 알게 되면 입에 거품을 물고 쓰러질 만큼 엄청난 전력이다. 어쨌든 그런 실력자들인지라 미리 캐스팅해 놓은 마법의 순서를 뒤바꾸는 것쯤이야 아무것도 아니었다.

"모든 준비가 완료됐습니다, 군단장님."

"좋습니다. 그럼 이제 곧장 적들의 코앞까지 달리겠습니다. 내 명령이 떨어질 때까지 기다리도록 하십시오."

"알겠습니다!"

손을 제외하고는 최고의 전투 능력자가 바로 멀린이다. 그래서인지 시간이 흐를수록 그의 카리스마는 거대해져 가고 있었다.

처음 멀린을 만났을 때만 해도 칼베르토는 그를 우습게 여겼다. 그러나 지금은 자신보다 한참 어린데도 그를 진심으로 존경하고 있었다. 그것은 멀린의 마법이 워낙 빠르게 성장한다는 이유가 가장 컸지만 은연중 흘러나오는 그의 카리스마도 한몫하고 있었다.

어쨌든 그 덕분에 마법군단의 명령 체제는 더욱 확고해졌고, 지금도 일사불란하게 움직일 수 있었다.

두두두두~!

"저기에 달려오고 있는 놈들은 누구냐?"

"방금 확인해 본 바로는 마법사들인 것 같습니다."

"뭣이? 마법사? 그게 사실이냐?"

멀린의 마법군단이 쉬지 않고 자신들을 향해 달려오자 마침내 잭슨 백작도 휘하 기사에게 이런 질문을 던질 수밖에 없었다.

그는 적의 특공대가 달려온다고 착각했던 것이다.

그도 그럴 것이 마법사가 말을 타고 달리면서 마법을 난사한다는 생각은 하기 어려운 터였다. 그것도 기사보다 앞장서서 말이다.

"아직 정확하게 알 도리는 없습니다만 죄다 로브를 입고 있는 것으로 보아 그럴 확률이 높습니다."

"이런 병신 같은 새끼! 그건 우리를 기만하기 위해 위장한 것이 분명하다. 마법사인 척해서 우리를 원거리 공격에 대비하게 한 다음 기습 공격을 가하겠다는 의도일 게야."

잭슨 백작은 자신의 부관이 이런 보고를 하자마자 버럭 화를 냈다. 그가 지금까지 인생을 살아본 결과 세상은 상식이 지배하고 있었다. 하지만 마법사가 말을 타고 달리면서 마법을 사용한다는 것은 상식에서 벗어나도 한참 벗어난 이야기였다. 그랬기에 이처럼 화를 내는 것이다.

"그럼 저희들도 기사들을 내보내 맞대응할까요? 어서 명령을 내려주십시오!"

"아니, 그럴 필요 없다. 차라리 놈들이 접근해 오는 길목을 확인해서 매복을 해라. 저들이 기습을 펼치려는 순간, 매복자가 퇴로를 끊고 그때 우리 기사들이 놈들의 전면을 노리면 간단하게 끝장낼 수 있을 게야."

잭슨 백작은 적의 정체를 착각하는 실수를 저지르고 있었지만 병법에 관해서는 꽤 밝은 것 같았다. 어떻게 해서 그가 소피아의 아버지를 죽이고 이 자리까지 올라올 수 있었는지 짐작이 가는 대목이었다.

"알겠습니다. 그럼 놈들이 접근할 수 있는 길목 다섯 곳에 매복을 심겠습니다!"

"그렇게 하라."

현재 잭슨 백작의 진영에는 팔천 명이나 되는 정예 병사가 있다. 다섯 곳에 매복을 심는 것은 그리 어려운 일이 아니었다. 게다가 적은 고작 수십 명이다.

들판이 아무리 넓다고 하나 수십 명이 말을 타고 달릴 수 있는 곳이 무한정 있는 것은 아니다. 여기는 자신들의 홈그라운드인 셈이라 그런 면에서는 더욱 유리했다. 어디를 차단하면 될지 훤하니까 말이다.

"참, 그리고 성안에 남아 있는 마법사들을 모두 불러와라."

"네!"

막 진영을 벗어나려던 부관이 얼른 다시 대답하더니 부

랴부랴 밖으로 나갔다. 어째서 잭슨 백작이 마법사들을 찾는지는 궁금하지도 않았다. 어차피 물어봤자 욕만 먹을 것이 뻔하기 때문이다.

"신 험가트와 마법부대원 전원, 영주님의 부름을 받고 왔습니다!"

"모두 들어오라."

잭슨의 대답이 떨어지자 막사의 천이 열리며 약 십여 명의 마법사가 들어섰다. 비록 후드레인이 이끌던 마법사들보다 한참 수준이 떨어지는 자들이지만 그래도 아직 열 명이나 남아 있다는 것은 그만큼 이곳 영지의 힘이 강대하다는 뜻이나 마찬가지였다.

"어떤 하명이 있으신지 말씀해 주십시오."

"자네는 현재 마법 수준이 어느 정도나 되는가?"

"이, 이제 막 겨우 4서클에 올라섰습니다만……."

수가 귀한 마법사들 가운데 4서클이면 대단한 실력자라고 할 수 있었다. 하지만 지금은 전시인데다가 적진에 5서클의 마법사가 있는 것으로 알려진 상태라 그런지 험가트는 잔뜩 주눅이 들어 이렇게 겸손을 떨었다.

"빌어먹을, 아무리 전투에 집중해도 그렇지, 성안에 마법사를 이렇게 적게 남겨놓았다는 말인가? 저쪽에 있는 자들 실력은 어떤가?"

"저를 제외하고는 3서클 마스터가 두 명, 유저가 세 명, 그리고 나머지는 모두 2서클 마법사입니다."

이 정도만 해도 어지간한 영지에서는 꿈도 꾸기 힘든 대단한 마법 전력이다. 그러나 잭슨의 구겨진 인상은 펴지지 않고 있었다.

"끄응, 아무튼 좋다. 내가 너희들을 부른 이유는 한 가지 물어보고 확인하기 위해서다. 아무리 그래도 명색이 마법사이니 나보다는 잘 알겠지."

"뭐든지 말씀하십시오. 아는 만큼은 성심성의껏 대답하겠나이다."

여전히 잭슨은 험가트 등을 무시하는 말투였지만 그들은 고개를 숙인 채 인상만 쓸 뿐 감히 따지지는 못했다.

"마법사들이 말을 타고 달리면서 공격 마법을 쓸 수 있는가?"

"네에? 그, 그건 말도 안 되는 말씀입니다. 저도 성을 나오기 전에 소문을 통해 그런 이야기를 얼핏 듣기는 했습니다만, 아예 재고의 가치도 없는 허튼소리인지라 아예 신경도 쓰지 않았습니다. 평지에 서서도 마법을 구현하기가 하늘의 별 따기인데 어떻게 달리면서 마법을 쓸 수 있겠습니까? 그건 적들이 우리를 기만하기 위해 만들어낸 소문일 뿐입니다."

험가트의 대답이 이어지는 사이 잭슨의 표정이 점점 밝아졌다. 이제야 파비앙을 자신의 것으로 만들 수 있다는 확신이 생겼기 때문이다.

그뿐만 아니라 지금 미친놈들처럼 달려오고 있는 로브의 사내들이 불쌍하다는 생각까지 들었다. 그들이 정말 소문의 마법사가 아닌 이상 독 안에 든 쥐 꼴이 될 게 확실해졌기 때문이다.

2

두두두두!

"지금 이쪽으로 오고 있습니다!"

"나도 보고 있다. 모두 다시 한 번 자신의 무기를 점검해 보고 명령을 기다려라. 이번에 놈들을 일망타진하게 되면 특진은 물론 큰 포상이 기다릴 것이다."

"알겠습니다!"

매복 지점은 모두 다섯 곳.

하지만 렌탈 남작군은 그중 성의 동서쪽에 해당하는 곳으로 달려오고 있었다. 우연인지는 몰라도 그곳의 매복 지점 바로 뒤에는 잭슨 백작군의 가장 중요한 주력부대가 주둔해 있었다.

하지만 지금 이곳에 매복해 있는 잭슨 영지군은 그런 사실은 전혀 의식하지 못하고 있었다. 하긴 겨우 수십 명에 불과한 자들이 설마 자신들보다 본군을 노리고 있다는 생각을 어떻게 할 수 있겠는가.

"아, 부대장님! 적들이 갑자기 방향을 틀었습니다!"

"이런! 우선 대기하라!"

"네! 모두 대기!"

그들이 매복해 있는 지점은 들판에서 말을 타고 달리기 가장 좋은 곳이라고 할 수 있었다.

평상시에도 도로로 사용하기 때문이다. 누구든 말을 타고 낯선 지역에 처음 오게 되면 푹푹 빠질 수 있는 들판을 달리는 것보다 이처럼 길로 달리게 마련이다. 그런데 적들은 매복 지점의 바로 코앞에서 갑자기 진로를 바꿔 들판을 가로지르기 시작한 것이다.

그것을 본 매복자들은 당황했지만 그렇다고 둑을 넘어 앞으로 달려 나가기도 애매했다. 그렇게 하면 자신들이 모습이 훤히 보여서 매복의 의미가 사라지기 때문이다. 그랬기에 이곳 책임자인 잭슨의 백인부대장은 일단 대기 명령을 내렸다.

"부대장님, 이러다가 놈들을 완전히 놓치겠습니다. 그냥 두고 보실 겁니까?"

"으음, 이 상태에서 우리가 뛰쳐나가면 놈들은 곧바로 도망칠 것이다. 그렇게 되면 공을 세우기는커녕 자칫 백작님께 크게 문책을 당할 수도 있다. 그러니 지금은 무조건 기다려라."

기껏 낑낑거리며 매복했건만 적들이 허무할 정도로 간단히 벗어나 버리자 병사들은 모두 원망 서린 눈길로 백인부대장을 쳐다보았다.

하지만 이곳의 백인부대장은 다행히 우유부단하거나 멍청하지 않았다. 그는 지금 가장 적절한 조치를 취한 것이다. 다만 그가 판단하고 있는 적과 실제의 적이 천양지차일 만큼 다르다는 것이 문제라면 문제였다.

두두두두두!

"클클클, 들으셨습니까, 단장님? 놈들이 아주 약이 올라서 씩씩거리고 있습니다그려."

"하지만 저자는 백인부대장치고는 제법이네요. 끝까지 냉정하게 상황을 파악하고 거기에 맞춰서 병사들을 이끌고 있으니 말입니다."

숀의 마법군단은 동서쪽을 맡고 있는 매복자들을 간단히 따돌린 채 빠르게 달리고 있었다.

그러던 중 무슨 소리를 들었는지 칼베르토가 매우 기괴하게 웃으며 갑자기 멀린을 향해 말을 던졌다.

그러나 멀린은 그와 달리 적장을 칭찬해 주고 있었다. 과거에 비해 그만큼 그의 그릇이 커졌기에 가능한 일이었다.

"듣고 보니 그렇군요. 그렇다고 달라질 일은 없겠습니다만…….."

"그야 물론이지요. 자, 이제 슬슬 놈들이 사정거리 안으로 들어온 것 같군요. 준비합시다."

"네! 모두 마법을 준비하라!"

"알겠습니다!"

뿌연 먼지를 일으키며 달리고 있는 마법군단의 모습은 전혀 위력적으로 보이지 않았다.

번쩍이는 갑옷을 입고 있는 것도 아니고 그 흔한 창 한 자루 치켜세우고 있는 것도 아니기 때문이다. 아니, 오히려 로브가 바람에 날려 펄럭거리는 모습은 그들을 초라해 보이게 만들 정도였다.

"하하하! 저 녀석들, 대체 정체가 뭐지?"

"뭐긴, 보나마나 벌써 우리 군대의 위용에 겁을 먹고 항복하러 오는 놈들이겠지. 그렇지 않고서야 허약해 빠진 마법사들의 옷을 입고 올 리가 없잖아?"

오죽했으면 그 모습을 보자마자 대부분의 잭슨 영지군 병사들은 왁자지껄 웃고 말았다. 아예 항복 사절단쯤으로 여긴 것이다. 그리고 그런 생각은 잭슨에게도 고스란히 전이되고 있었다.

"뭐라고? 매복을 아예 지나쳐서 오고 있는데 그 꼴이 영락없는 패잔병 모습이라고?"

"그렇습니다. 각하께서 직접 한번 보시지요."

"어디 망원경을 이리 줘봐라."

망원경을 받아 들고 앞을 살피던 그의 눈에 얼굴이 누렇게 뜬(아무리 전투 마법사라고 해도 마법 수련을 하다 보면 햇빛을 잘 못 보게 된다. 그래서 숀의 마법사들도 얼굴빛은 하얀 편이다) 자들이 줄을 이어 달려오고 있는 모습이 들어왔다. 그런데 확실히 그의 눈에도 그들은 처량하고 애처로워 보였다.

"뭐야? 저것들이 소문의 말을 타고 달리면서 마법을 쓴다는 그 전투 마법사라는 말이냐?"

"네, 그런 것 같습니다, 각하!"

부관의 말이 떨어지자마자 잭슨의 표정이 기묘하게 변해 갔다. 살이 잔뜩 찐 그의 볼이 부풀어 오를 수 있을 만큼 부풀어 오른 것이다.

"푸하하하! 이런 빌어먹을 새끼들! 뭣도 아닌 것들이 감히 나를 기만해? 여봐라!"

"네, 각하!"

그는 볼 살을 푸들거리며 정신없이 웃기 시작했다. 그러더니 버럭 소리를 지르다가 갑자기 부관을 불렀다.

"지금 당장 가서 저 허접쓰레기 같은 놈들을 모조리 사로 잡아 와라! 내 친히 파비앙 그년 앞에서 저자들의 목을 잘라 본때를 보여줄 것이다! 어서 가라!"

"알겠습니다!"

그는 전쟁터에 나와서도 온통 파비앙만 생각하고 있었다.

만일 그녀가 전투 마법사 이야기만 하지 않았어도 이렇게까지 다가오는 적들에게 무서운 분노를 느끼지 않았을지도 모른다. 그리고 그 분노는 자꾸만 그로 하여금 점점 더 이성을 흐리게 만들고 있었다.

여기서 마법사들을 사로잡으면 그래도 별문제가 없겠지만 놓칠 경우에는 아주 위험한 선택을 하게 될 수도 있었다.

어쨌든 그의 변덕으로 인해 부관은 부대장들에게 매복 이후로 또 다른 명령을 내렸다.

"동서남북 네 곳에서 동시에 놈들을 포위해 사로잡아 오십시오. 그게 각하의 뜻입니다."

"알겠소. 그렇다면 우리 부대에서 일백 명을 동쪽으로 보내겠소."

"그럼 내가 서쪽을 맡지."

"나는 북쪽이요!"

"남쪽은 나에게 맡기시오!"

부관의 한마디에 각각의 천인대장들이 서로 나서서 자신의 방위를 선택했다.

오랫동안 손발을 맞추어온 노련한 기사들이라 그런지 결정하는 데 조금의 망설임도 없을뿐더러 빨랐다.

"좋습니다. 그럼 저는 매복 부대에게 퇴로를 차단하라고 신호를 보내도록 하지요. 자, 어서 서둘러 주십시오. 각하께서 기다리십니다."

"알겠소!"

비록 부관의 나이가 어리고 아직 경험도 부족했지만 그는 잭슨 백작을 옆에서 모시는 사람이다. 그랬기에 천인부대장들은 그에게 함부로 말을 놓지 못했다.

대신 잽싸게 자신들의 진영으로 돌아가 몸놀림이 날쌘 기마병사 백 명을 선출해서 부대 정면에 집합시키기 시작했다.

그러는 사이에도 손의 마법군단은 점점 그들의 본진에 가까이 다가오고 있었다.

이제 조금만 더 접근하면 고작 백 미터도 안 될 지경이다. 바로 그때, 잭슨의 천인대장 누군가의 명령이 떨어졌다.

"놈들을 사로잡아 와라!"

"와아아아아~!"

두두두두!

그들을 선두로 다른 부대장들도 분분히 명령을 내리기 시작했다.

"우리가 무조건 일등을 해야 한다! 모두 가라!"

"와아아아~!"

순식간에 사백 명이나 되는 정예 기마대가 본진에서 뛰쳐나갔다.

그 모습이 어찌나 힘차고 위압적인지 마주 달려오던 숀의 마법군단의 말들이 잠깐이긴 하지만 멈칫할 정도였다.

히이이잉~!

"말부터 안정시키고 모두 마법을 준비하라! 곧 공격 명령을 내리겠다!"

"네! 워어어어~!"

말을 안정시키며 멀린은 앞으로 자신들이 이동할 노선을 다시 한 번 살펴보았다.

그러고는 입가에 살짝 미소를 그리더니 칼베르토와 시선을 맞추었다.

끄덕.

끄덕끄덕.

그렇게 두 사람은 사인을 주고받고는 오른손을 치켜들었다.

그러는 사이 잭슨군의 첫 번째 기마대가 오십여 미터 앞까지 다가왔다.

그리고 바로 그때.

"지금이다! 라이데인!"

"라이데인~!"

콰지지직~ 콰지직!

"끄아아악!"

히이이잉!!

마른하늘에서 날벼락이 떨어졌다. 그것도 모두 잭슨의 기마부대 위로만 말이다.

그 첫 번째 공격으로 선두는 물론 후발대까지 엄청난 타격을 입었다.

그들 모두 달리던 중이라 그 피해는 배가 될 수밖에 없었다. 하지만 그건 겨우 시작일 뿐이었다.

"전투 마법사들이여! 모두 달려라!"

"와아아아~~!"

두두두두두!

"파이어 볼~!"

"파이어 볼~!"

우우우웅~ 콰콰콰쾅!!

"끄아아악!!"

그건 바로 악몽의 시작이었으며, 동시에 대륙 처음으로 공식적으로 등장한 전투 마법사의 전설의 시작이었다.

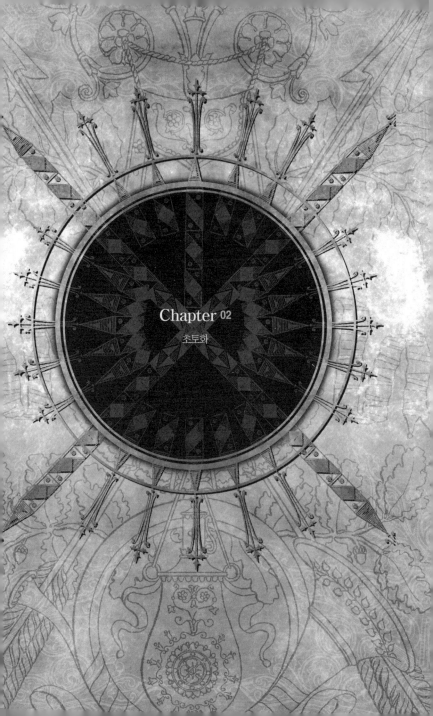

Chapter 02

초토화

건들면 죽는다

1

손의 가장 무서운 점은 그 어떤 경우에도 냉정을 유지할 수 있다는 사실이다. 그리고 그것을 가장 잘 알고 닮으려고 노력하는 사람이 있었으니 그, 아니, 그녀의 이름은 바로 파비앙이다.

그녀는 손을 사랑하는 것 이상으로 그와 닮기를 원했다. 순수한 기사의 입장에서 말이다. 그리고 지금이야말로 손과 같은 방식으로 생각하고 행동해야 한다고 믿었다.

"저희들을 출동시켜 주십시오!"

"으음, 아직은 조금 이르지 않을까? 아니, 그것보다 지금 적들은 우리의 마법군단의 위력 앞에서 바짝 긴장한 상태이다. 이럴 때 치는 것은 오히려 위험할 수도 있다."

마법사들이 앞으로 달려 나간 후 파비앙와 그녀의 무적 기사단은 본진으로 돌아와서 합류한 상태였다. 일단 마법사들의 활략 여부에 따라 다음 작전을 세우기 위해서다.

그런데 지금 상황을 살펴보니 마법사들은 예상보다 훨씬 압도적으로 적의 진영을 혼란에 빠뜨리고 있었다. 그랬기에 지금이 기회라는 판단을 한 것이다.

그러나 적들이 바짝 곤두서 있을 때 공격하게 되면 확실히 위험했다.

게다가 아무리 실력 차이가 난다고 해도 그녀의 무적군단은 일천팔백 명이고 적은 팔천 명이나 되지 않는가.

이길 수 있다고 해도 어느 정도는 아군의 피해를 감수해야 할 가능성이 높은 상황이다. 그랬기에 렌탈 남작은 우선 파비앙의 출전을 말리고 나섰다.

"그건 보편적인 생각일 뿐입니다. 오히려 그런 심리를 역으로 이용해 지금 치면 더 유리할 수도 있습니다. 그리고 무엇보다 적들의 표정을 잘 살펴보십시오. 놈들은 지금 우리 마법군단의 신출귀몰한 움직임과 무시무시한 공격에 잔뜩 주눅이 들어 있는 상태입니다. 그야말로 기습하기에는

지금이 최고의 타이밍이라는 거죠. 더 기다리면 늦습니다. 제발 저희들에게 공격 명령을 내려주십시오!'

"으음, 진정 자신 있는 게냐? 네가 아무리 내 딸이라고는 하나 전쟁 중에 장수는 자신의 행동에 무조건 책임을 져야 하는 법. 실패하면 군법을 피할 수 없다는 말이다."

그녀는 눈에 넣어도 아프지 않은 딸이었다.

하지만 공식적인 자리에서는 그런 감정을 앞세울 수 없었다. 특히 렌탈 남작은 워낙 고지식한 사람이라 더욱 그랬다.

"그건 저도 바라는 바입니다. 기사가 전쟁에서 패배하면 목숨으로 책임지는 법! 거기에 변명의 여지는 없습니다."

"휴우, 크롤 자네의 생각은 어떤가?'

차라리 약한 모습을 보이는 것이 렌탈의 마음이 편하겠는데 어찌 된 것이 파비앙은 날이 갈수록 사내들보다 강인해지고 있었다. 기세뿐 아니라 그 능력도 말이다.

때문에 그녀를 전투에서 제외시킬 수도 없었다. 그건 너무 큰 전력의 손실을 가져오기 때문이다.

그래서인지 결국 렌탈은 옆에 있던 크롤 백작에게 이 문제를 슬쩍 떠넘겼다.

"그, 글쎄요. 제 생각에는 파비앙 아가씨의 말이……."

찌릿.

"맞다는 것이 아니라… 아… 음…….."

크롤은 파비앙의 편을 들어주려다 렌탈 남작의 시선에 목을 움츠리며 더듬거렸다. 그러자 이번에는 파비앙이 자신을 쳐다보기 시작하는 게 아닌가.

별빛처럼 반짝이는 그녀의 눈동자는 단번에 크롤의 이성을 흐리게 만들어 버렸다.

"제가 볼 때도 지금이야말로 기습의 찬스인 것 같습니다. 특히 우리 무적 기사단은 누구보다 빠른 기동력과 강력한 파워를 가지고 있기 때문에 적들이 정신을 차릴 수 없을 것입니다. 그렇게 되면 아군의 피해도 거의 없을 테고요. 이상입니다!"

"호호, 역시 크롤 숙부님밖에 없다니까. 고마워요."

찡긋~!

조금 전 렌탈이 째려볼 때는 괜히 기분이 우울했는데 파비앙이 윙크를 해주자 그의 표정이 단번에 황홀하게 변했다. 렌탈의 입장에서는 배신감을 느낄 만했다.

"허 참, 자네까지 그렇게 말을 하니 더 말릴 수도 없겠군. 좋아. 기사 파비앙!"

"네, 사령관님!"

현재는 렌탈 남작이 숀 부대의 정식 사령관이었다. 외부적으로는 숀이 사령관으로 되어 있지만 말이다.

어쨌든 그가 정색을 하고 자신을 부르자 파비앙도 차렷 자세를 취하며 큰 목소리로 대답했다.

"무적 기사단은 지금 출전하라! 가서 적들을 마음껏 유린하고 오도록!"

"알겠습니다!"

결국 렌탈은 무적 기사단의 출전 명령을 내렸다. 그러자 파비앙이 환하게 웃으며 경례를 하더니 곧장 막사 밖으로 뛰어나갔다.

"무적 기사단! 출동 준비를 하라!"

"네, 단장님!"

"야호! 출전이다!"

거기에 따라 무적 기사단원들도 환호성을 지르며 난리가 났다. 그런 그들의 얼굴에는 행복함이 가득했다.

죽을지도 모르는 전쟁터로 나가면서 행복해하다니, 어찌 보면 섬뜩한 기사단이라고 할 수 있었다.

"모든 준비 완료됐습니다! 명령을 내려주십시오!"

"잘 들어라. 지금부터 우리의 작전을 알려주겠다. 작전은 아주 간단하다. 우선 진영을 나서게 되면 곧장 동쪽을 보고 달려라. 그러면서 마주치는 모든 적들을 쓰러뜨린다. 할 수 있겠나?"

"할 수 있습니다!"

전원이 기사로 구성되어 있는 기사단이다.

그들이 병사들을 상대로 싸우는데 무서울 것은 없었다. 사이사이에 기사들도 있겠지만 그건 이미 검술 실력이 소드 익스퍼트 중급 수준에 올라 있는 조장들이 상대하면 될 터였다.

그것을 알고 있어서인지 무적 기사단의 대답 소리는 실로 크고 우렁찼다.

그렇게 그들이 뛰쳐나가려는 순간, 갑자기 누군가가 그들의 앞을 가로막았다.

"파비앙 아가씨, 잠시만요."

"아, 작전 대장님 아니세요? 갑자기 왜……?"

내내 잠잠히 있던 소피아이다. 사실 이 전쟁의 진짜 주인공은 그녀와 밤 그림자라고 할 수 있다. 아무리 한 배를 탄 사람들이라지만 결정적인 것만큼은 그녀가 나서는 것이 옳다는 뜻이다.

"잠깐만 귀를 좀……."

"아, 네."

소피아는 파비앙의 귀에 대고 한참 동안을 뭔가를 이야기했다.

그 내용이 무엇인지는 알 수 없었지만 수시로 변하는 파비앙의 표정으로 보아 꽤나 중요한 이야기임에는 틀림없는 것 같았다.

"와아~ 그거 정말 기가 막힌 작전이로군요. 주군도 이 내용을 알고 계신가요?"

"물론이에요. 알고 계실 뿐 아니라 저희가 놓치고 있던 부분까지 세세하게 설명해 주셨는걸요."

"그렇다면 무조건 해야죠!"

손이 인정하고 손볼 정도의 작전이라면 성공률 백 퍼센트에 가깝다는 말이나 다름없다. 그런 이상 파비앙도 굳이 반대할 이유가 없었다.

"정말 할 수 있겠어요?"

"당연하죠. 설혹 적들의 움직임이 예상에서 벗어난다고 해도 우리가 무슨 수를 써서라도 작전대로 만들어볼게요."

"그럼 부탁드려요."

"맡겨주세요, 언니."

언니라는 그 한마디에 약간은 굳어 있던 소피아의 표정이 환하게 퍼졌다. 마치 꽃봉오리가 피어나는 것 같은 아름다움이다.

"알았어요. 그럼 동생만 믿을게요."

"헤헤, 네! 자, 모두 준비는 끝났겠지?"

"네, 단주님!"

대답을 한 파비앙이 다시 무적 기사단을 돌아보며 물었

다. 그러자 우렁찬 대답이 울려 퍼졌다.

"좋아, 그럼 전원 출동!"

"와아아아아~!"

두두두두두~!

아무리 수가 적다고 해도 무려 일천팔백 명이다. 그런 인원이 말까지 탄 채 달리기 시작했는데 잭슨 진영이라고 해서 모를 리 없었다.

하지만 그들은 지금 겨우 서른 명 정도밖에 되지 않는 마법사들의 무지막지한 공격 때문에 반쯤 얼이 나가 있는 상태였다.

"도, 도대체 이게 말이 되는 것이냐? 어떻게 마법사들이 말을 타고 달리면서 마법을 난사할 수 있는가 말이다!"

"······."

잭슨의 이런 외침에 그 누구도 대답하지 못했다. 마법사들조차 꿀 먹은 벙어리인데 다른 자들이야 말해 무엇하랴.

"마법사 험가트! 입이 있으면 말을 해보란 말이다!"

"죽을죄를 지었나이다, 각하! 하지만 제 눈으로 보면서도 이건 믿을 수 없는 일입니다! 이 땅에서 마법이 시작된 이래 이런 경우는 단 한 번도 없었으니까요!"

여전히 잭슨의 눈에는 일천팔백 명의 군대쯤은 별게 아니었다. 그는 오로지 말을 타고 달리며 마법을 사방에 뿌리고 있는 적 마법사들이 더욱 골치 아팠다.

게다가 그로 인해 이번 전쟁의 원흉이라고 할 수 있는 파비앙마저도 놓아주어야 할 상황이 되지 않았는가. 그의 눈에 핏발이 서도 전혀 이상하지 않는 상황이다.

"아무리 날뛰어봤자 마법사들이다. 놈들은 지금 말을 타고 뛰어다니랴 마법까지 쓰랴 몹시 지쳐 있을 것이다. 제장들은 어서 병사들을 정비하고 모든 궁수들로 하여금 마법사들에게 화살을 퍼붓도록 하라!"

"명을 받들겠습니다!"

하지만 그럼에도 잭슨은 좌절하지 않았다. 아니, 오히려 그 짧은 시간에 거의 완벽한 대책까지 생각해 냈다. 그리고 그 명령으로 인해 잭슨 영지군의 무수한 궁수들이 마침내 활을 치켜들었다. 일제히 마법사들을 겨냥한 채 말이다.

2

"적들이 활을 들었다! 어서 속도를 올려라!"

"네, 단주님!"

두두두두~!

들판에 먼지가 자욱이 일어났다. 그런데도 무적 기사단은 거침없이 달리고 있었다. 기왕이면 궁수들이 마법사를 공격하기 전에 선공을 하기 위해서다. 그런데 그 속도가 적의 상상을 벗어나고 있었다.

"부대장님, 적들이 이쪽으로 몰려오고 있습니다!"

"뭘 그렇게 소란들이냐! 그래 봤자 고작 이천 명도 안 되는 자들이다! 모두 침착하게 방진(方陣)을 펼쳐라!"

방진이란 병사들을 동서남북 사방에 배치하는 진이다. 이러한 진은 적을 안으로 유인해서 포위, 섬멸할 때 쓴다고 할 수 있었다.

물론 적보다 아군이 월등이 많을 때 가능한 진이기도 하다. 그런데도 일개 천인부대장이 방진을 치도록 명령을 내리는 데는 다 이유가 있었다. 적과 가장 가까운 부대가 방진을 치기 시작하면 인근에 있는 다른 부대가 빠르게 합류하게끔 훈련이 되어 있는 것이다.

그리고 그것을 증명이라도 하듯 그들이 방진을 펼치기 시작하자 좌측과 우측, 그리고 후방에 있던 천인부대까지 모두 그 진의 한쪽 축을 담당하기 시작했다. 그건 실로 거대하고도 위압적인 대규모의 진형이었다. 보는 것만으로도 위축이 될 수 있을 만큼 말이다.

"적들이 대규모의 진을 형성하고 있습니다. 어떻게 할까요?"

"호호호! 적들이 우리에게 더욱 도움을 주고 있구나!"

그래서인지 손과 함께 잡혀간 하인리와 크누센 대신 파

비앙의 보좌를 맡고 있는 기사 한 명이 약간은 주눅이 든 얼굴로 그녀에게 물었다. 그런데 그와 달리 파비앙은 오히려 크게 웃으며 예상치 못한 말을 했다.

"도, 도움이라니요? 죄송합니다만 어째서 그렇게 말씀하시는 것인지 설명을 좀 부탁드리겠습니다. 저희들이 워낙 아둔해서요."

"놈들은 방진을 펼치기 위해 무려 절반이 넘는 병사를 한곳으로 모으고 있다. 이는 애초 우리가 동쪽에서부터 서쪽으로 달리면서 공격해야 하는 수고를 훨씬 덜어주는 것이나 다름없다. 공격 노선과 범위를 그만큼 좁히는 것이니까 말이다. 그러니 내 어찌 웃지 않을 수 있겠느냐?"

보좌 기사의 말에 파비앙은 여전히 만면에 미소를 띤 채 대답했다.

최근 들어 그녀는 그 어떤 지휘관보다 강력한 카리스마를 보이며 기사단을 이끌고 있었다.

아직 어린 그녀였지만 그 덕분에 기사단원들은 그녀를 더욱 믿고 따르고 있었다.

그런 가운데 말투의 변화도 있었다. 처음에는 단원들에게도 존대를 하던 그녀지만 이제는 다른 지휘관들처럼 아주 자연스럽게 하대를 했다.

이렇게 변한 지는 그리 오래되지 않았지만 기사단원들은

전혀 어색해하지 않았다.

"아, 무슨 말씀이신지 알 것 같습니다."

"알았으면 어서 더욱 속력을 내자! 아무리 만만한 적들이
라지만 방진이 완전히 완성되면 격파하는 데 에너지 소모
가 훨씬 커진다! 전군 전속력으로 돌격하라!"

"전속력으로 돌격!"

"와아아아~!"

현재 무적 기사단원들이 타고 있는 말은 최상급 중의 최
상급이다.

말 한 마리에 무려 오백 골드나 하기 때문이다.

손은 진정한 무적을 이루기 위해 이들에게 그만큼 통 큰
투자를 했다. 그리고 오늘 그 진가가 제대로 빛나고 있었
다.

벌써 한참을 달려왔건만 전속력으로 달리라는 명령이 떨
어지자 그들은 마치 화살처럼 더욱 빠르게 달렸다.

"진이 곧 완성될 것이다! 그전에 어서 적들을 막아라!"

"네, 부대장님! 모두 돌격하라!"

"와아아아~!"

그 모습을 보고 잭슨 영지군 쪽에서도 일단의 무리가 마
주 달려 나왔다. 방진의 바깥쪽을 담당하려던 병력들이다.
비록 그 숫자는 일천 명에 불과했지만 그 정도면 진이 완성

될 때까지는 충분할 터였다. 물론 이건 방금 명령을 내린 천인부대장의 생각이다.

그러나.

"호호, 어리석은 녀석들!"

위잉~ 서거걱!

"크악!"

"여기도 있다!"

쉬익~ 픅!

"캐액!"

막상 두 부대가 충돌하자 결과는 너무도 어이없게 나왔다. 어린애들이 어른들에게 떼로 달려가 얻어맞는 꼴이나 진배없었다. 그만큼 상대가 되지 않는다는 뜻이다.

파비앙을 선두로 달려든 그들은 마주 공격해 오는 잭슨의 병사들을 너무도 간단하게 쓰러뜨리고 있었다. 검이 한 번 휘둘러질 때마다 적군 두세 명이 말에서 떨어졌다. 말 그대로 추풍낙엽이었다.

"이, 이들은 모두 기사들이다! 모두 피해라!"

"하하하! 어딜 도망가려고! 야합~!"

위잉~ 서거걱!

"크아악~!"

아무리 도망을 치려고 해도 무적 기사단을 따돌릴 수는

없었다. 게다가 무적 기사단은 그들이 소리치는 대로 모두 기사들로 이루어져 있었다. 일반 병사들이 어찌 그들의 손아귀에서 벗어날 수 있겠는가.

"이, 이건 악몽이야. 어떻게 이천 명에 가까운 기사들이 나타날 수가 있단 말인가. 으으, 이, 이 싸움은 절대 이길 수 없어."

"모두 도망쳐라!"

우르르르!

전쟁에서 가장 중요한 것은 사기다.

사기가 올라가면 소수의 아군으로도 다수를 이길 수 있지만 반대로 사기가 무너져 내리면 걷잡을 수 없이 패배의 늪으로 빠지게 된다.

지금 잭슨군이 딱 그 꼴이었다. 방진을 형성할 수 있도록 선봉에 나섰던 부대가 칼 한번 제대로 휘둘러보지도 못하고 줄줄이 쓰러져 버리자 그들의 진영 안에서 큰 동요가 일어났다.

그런 데다 현재 달려오고 있는 적들이 모두 기사라는 사실이 알려지면서 그 동요는 극심한 혼란으로 변해 버렸고, 사기는 완전히 바닥으로 떨어졌다.

"비켜라!"

"야, 이 새끼야! 밀지 말라고! 내 말이 안, 으윽, 크악!"

한번 혼란이 시작되자 그 파장은 실로 걷잡을 수 없을 만큼 커져 갔다. 저희들끼리 욕을 하며 밀고 밀리는 바람에 쓰러져서 죽거나 중상을 입는 자들이 속출했다. 게다가 이런 혼란은 여기만 있는 것이 아니었다.

"쏴라!"

"발사!"

핑! 핑핑핑핑! 피피핑!

들판의 서쪽에서는 마침내 궁수부대의 화살 공격이 시작되었다.

족히 오백여 명은 될 것 같은 궁수들이 화살을 쉬지 않고 날리자 그야말로 화살의 비가 쏟아져 내렸다. 그 앞에 있는 마법사들을 완전히 뒤덮을 정도로 말이다.

하지만.

"그레이트 쉴드!"

비비빙~!

팅팅~ 티티팅~ 우수수수!

그렇게 섬뜩한 화살들이 멀린의 주문 한마디에 마치 벽에 부딪친 파리 떼처럼 힘없이 떨어져 내리고 말았다. 아무리 쏘고 또 쏴도 마찬가지였다. 그사이 다른 마법사들은 말 위에서 느긋하게 다시 마나를 모았다. 이 살벌한 광경 속에서 오히려 재충전을 하는 셈이다.

"이, 이제 어쩌죠?"

"병신 같은 새끼! 어쩌긴 뭘 어째! 잠시 화살을 멈추었다가 놈들의 실드 마법이 풀리면 그때 다시 공격해야지!"

궁수부대장이 잭슨 영지군의 방위군 부사령관(사령관은 이미 숀의 군대에 잡힌 상태이다)을 보며 어찌할 바를 몰라 하자 부사령관이 이렇게 버럭 소리를 질렀다.

"공격을 멈추어라!"

"사격 중지!"

그 한마디에 식겁한 궁수부대장이 마침내 공격 중지 명령을 내렸다. 하지만 그거야말로 엄청난 실수였다.

"지금이다! 공격 개시!"

"파이어 볼~!"

"파이어 볼~!"

부아아아앙~ 콰콰콰쾅!!

화살이 멈추자마자 순식간에 실드를 해제한 멀린이 곧바로 공격 명령을 내렸다. 그러자 실로 무시무시한 불덩어리가 날아가 잭슨 영지의 궁수부대를 강타했다.

"피, 피해! 끄악!"

"크아아악!"

"캐액!"

훈련이 잘되어 있는 기사들도 마법을 두려워한다. 그런

데다 그 마법이 서클 이상의 공격 마법이라면 상위급 기사 말고는 대부분 후퇴하게 마련이다.

그런데 일반 궁수부대 병사들의 코앞에 무려 4서클에 이르는 살벌한 파이어 볼이 떨어지고 있으니 얼마나 무섭겠는가.

"으아악! 불덩이가 또 날아온다! 맙소사!"

"사람 살려!!"

우르르르~ 퍽! 퍼퍼퍽!

"캐액!"

마법사의 숫자는 겨우 삼십여 명에 불과했지만 잭슨군은 속수무책이었다.

실제로 마법에 맞아 죽는 사람보다 극심한 공포로 인해 심장마비로 쓰러지는 사람이 더 많을 정도였다.

"이 병신 새끼들아! 정신 차려! 방패 부대는 어디 있나? 어서 앞으로 나……."

부우웅~ 콰콰쾅!

그 와중에 부사령관이 방패 부대를 찾다가 흔적도 없이 사라져 버렸다. 한눈팔다가 파이어 볼에 정통으로 맞은 것이다.

"어, 어찌……."

덜덜덜.

그걸로 서쪽 전투는 싱겁게 막을 내렸다.

더 이상 대항하는 자는 없었다.

"모두 후퇴하라!"

그건 동쪽도 마찬가지였다.

비록 오천여 명이나 되는 병사들이 있었지만 그들은 방진을 다 펼쳐 보기도 전에 지리멸렬하고 있었다. 그런 그들에게 남아 있는 선택지도 한 가지뿐이었다.

"전군 후퇴하라!"

그렇게 잭슨 영지군은 초토화에 가까운 타격을 입고 성안으로 정신없이 도망쳐 들어갔다.

Chapter 03

치밀한 준비

건들면 죽는다

1

감옥 안에 얌전히 앉아 있던 파비앙의 모습을 한 손의 입 가에 갑자기 미소가 떠올랐다.

비록 전투가 벌어지고 있는 곳과 상당히 떨어져 있는 상 태지만 그의 영민한 이목에 모든 상황이 잡힌 것이다.

"후후, 다들 내가 예상한 것보다 더 잘해주고 있구나. 하 긴 이제 왕국 최고들이라고 해도 과언이 아닐 테니……."

무적 기사단도 전투 마법군단도 모두 손이 직접 훈련시 킨 최정예 부대라고 할 수 있었다. 그랬기에 애초부터 이런 상황은 예정되어 있었다.

하지만 예상하는 것과 실제로 전투가 벌어지고 승리를 하는 것은 분명한 차이가 있었다.

손처럼 감정 조절을 잘하는 사람이 소리내어 웃을 정도로 말이다.

"이 녀석은 그렇게 당했는데도 여자부터 찾는다는 말인가? 거참, 정말 한심하기 짝이 없는 놈이로구나."

그렇게 웃고 있던 손의 표정이 다시 달라졌다.

이번에는 어이가 없다는 얼굴이다. 그가 이러는 이유는 간단했다.

방금 전 전투에서 개박살이 난 잭슨이 성안으로 후퇴하자마자 파비앙부터 찾아오고 있었던 것이다. 패배의 원인을 찾고 어떻게 공성전을 치러야 할지 고민해도 모자란 판국에 말이다.

2

전투가 끝나자마자 나타난 잭슨 백작은 어딘지 초조한 얼굴로 다짜고짜 말을 꺼냈다.

"어때? 내가 없는 동안에 어떻게 하면 내 비위를 맞출 수 있을지 고민은 해본 게냐?"

"그것보다 먼저 말해줘야 하는 게 있을 텐데요? 벌써 약속을 잊으신 것은 아닐 테니."

그의 말에 약속을 상기시켜 준 숀은 고민에 빠졌다.

'이자의 눈빛이 붉어진 것을 보니 이제 한계에 다다른 모양이구나. 이거 골치 아파지게 생겼네. 어차피 이렇게 된 거, 아예 덮치겠다는 심보 같은데⋯ 어떻게 할까?'

보아하니 잭슨 백작은 지금까지 참고 있던 것을 풀려고 하는 것 같았기 때문이다.

여유가 있을 때에야 파비앙의 마음을 얻으려 했겠지만 지금은 대패를 당하고 성안으로 숨어든 상태라 더욱 흥분했을 터였다.

만일 그가 파비앙을 강제로 겁탈하려 한다면 숀도 결국 정체를 드러내야 할 판이니 고민이 될 수밖에 없었다.

"무슨 약속? 진짜로 전투 마법사가 있으면 널 풀어주겠다는 약속 말이냐?"

"다행히 기억은 하고 계시네요. 아까 어렴풋이 폭발음이 들려오는 것으로 봐서 그들이 마법을 사용한 것 같던데⋯ 직접 보셨죠?"

잭슨 백작이 짜증 섞인 목소리로 이렇게 따지듯 묻자 숀은 아예 노골적으로 나갔다.

그의 심리를 좀 더 정확히 판단해 보기 위해서다.

"으음, 그건 속임수였다. 기사들의 등 뒤에 같이 올라탄 다음 모습을 감추고 있다가 마법을 난사했다는 것을 내가 모를 줄 아느냐?"

"호호, 속임수라고요? 정말 대단하시네요. 각하 말대로 라면 말이 사람 둘을 태우고 달리는데도 잡지 못했다는 거 잖아요? 그렇게 한심한 영지군을 거느리고 있다니… 정말 불쌍하군요."

"말조심하시오!"

잭슨의 헛소리에 슌이 짜증이 났는지 약간 과하게 그를 약 올렸다.

하긴 아무리 자신이 연약해 보이는 소녀로 위장하고 있 다고는 하나 저렇게 말도 안 되는 억지를 부리고 있으니 얼 마나 어이가 없겠는가.

그러자 이번에는 그의 호위 기사가 버럭 소리를 질렀다. 하긴 어린 여자애가 자신의 주군을 놀리고 있는데 보고만 있을 수는 없을 터였다.

"너나 말조심해라! 네까짓 놈이 감히 누구에게 그따위 말 을 함부로 지껄이는 게냐."

"죄, 죄송합니다, 각하! 죽을죄를 지었습니다."

하지만 그의 그런 충성은 오히려 독이 된 것 같았다.

어쨌든 자신의 주군이 노리고 있는 여자에게 함부로 말

한 셈이 아닌가.

그나마 그 주군이 똑똑하면 여자보다 기사를 택하겠지만 불행히도 그의 주군은 개쓰레기였다.

"시끄럽다! 무엇 하는 게냐? 이놈을 어서 끌고 가 처넣어라! 전쟁이 끝나면 그 죄를 묻겠다! 시건방진 놈!"

"주, 주군, 용서해 주십시오!"

"따라오시오!"

"주군~!"

결국 그렇게 그 호위 기사는 다른 기사들에 의해 어디론가 끌려가 버렸다.

잭슨은 그 모습을 지켜보다가 무슨 생각이 들었는지 조금 전보다 더욱 징그러운 시선으로 파비앙을 바라보며 다시 입을 열었다.

"내가 이만큼 너를 아끼고 있는데 너는 나에게 뭔가 해주고 싶은 것이 없느냐?"

"정말 여러 가지로 할 말이 없게 만드시네요. 저는 그냥 각하께서 약속을 이행해 주셨으면 좋겠어요. 설마 수많은 사람 앞에서 본인의 입으로 약속을 해놓고 어기려는 것은 아니겠죠?"

숀은 애초부터 이번 일의 성공 여부를 반반으로 보고 있었다.

잭슨 백작이 그나마 조금이라도 양심이 남아 있으면 자신을 풀어줄 것이고 그렇지 않으면 계속 우기며 잡아둘 것이라는 확률을 말이다. 물론 어느 쪽이든 그의 몰락은 예정되어 있는 상태다. 단지 얼마만큼 혹독하게 다룰지 그 정도만이 약간 달라질 뿐.

"이년이 정말 좋게 대해주려고 했더니 실로 오만방자하기 짝이 없구나. 내 오늘 네년의 버릇을 단단히 고쳐 주겠다. 여봐라! 저년을 깨끗이 씻겨서 내 방에 데려다 놓아라!"

"네, 각하!"

적들이 언제 공격해 올지 모르는 상황인 데도 잭슨은 결국 파비앙을 겁탈하기로 작정한 것 같았다. 이렇게 된 이상 무조건 그녀를 자기 여자로 만드는 것이 현명하다고 판단한 모양이다.

어쨌든 그런 그의 명령이 떨어지자 수행 기사 두 명이 감옥 문을 열고 파비앙으로 변신해 있는 숀을 양쪽에서 붙잡았다.

"가시죠, 아가씨."

"이것 보세요, 백작 각하! 이런 법이 어디 있나요? 어서 약속대로 날 풀어주세요!"

발버둥을 치며 숀이 이렇게 외쳤지만 잭슨은 어느새 안으로 사라져 버렸다.

그리고 숀은 결국 기사들에 의해 잭슨 백작의 첩들이 기거하는 별실로 끌려갔다.

　"이 아가씨를 깨끗이 씻겨서 각하의 침소로 보내라."

　"알겠습니다. 아가씨, 이쪽으로 오시지요."

　기사들이 사라지기 전까지 숀은 얌전히 그녀들의 부축을 받았다. 그러다가 그들이 보이지 않자 태도를 바꾸었다.

　"네 이름이 무엇이냐?"

　"페리도트입니다."

　"좋아, 페리도트. 널 다치게 하고 싶지 않구나. 그러니 이것 놔라. 내 스스로 걸어가겠다."

　"하지만 아가씨, 그건 곤란합니다. 저희들은 명령을 받은 이상 거기에 따라야 하거든요."

　숀은 이쯤에서 탈출해야겠다고 생각했다.

　파비앙의 모습으로 위기를 벗어날 수 있는 기회는 이게 마지막이라고 판단한 것이다.

　그렇지 않으면 잭슨의 방으로 끌려갈 테고, 거기서 징그러운 그가 덮치려 하면 본모습이 드러날 게 뻔했다.

　"그렇다면 미안하지만 어쩔 수 없네. 너희들이 미운 건 아니니 이해하렴. 타핫!"

　퍼억!

　"학!"

퍼픽!

"꺄악!"

숀은 파비앙의 검술 동작을 흉내 내는 치밀함까지 선보이며 하녀들을 모조리 쓰러뜨렸다.

"무슨 일이냐! 어서 안을 살펴보아라!"

"네!"

우르르!

그러자 곧바로 경비병들이 뛰어들어 왔다. 모두 중무장한 채다. 하지만 그들은 안으로 완전히 들어서기도 전에 그 자리에 고꾸라지고 말았다.

"이얍!"

픽! 퍼픽!

"크악!"

"캑!"

"호호, 귀여운 녀석들. 그럼 잘들 있으라고."

그래 놓고 파비앙의 모습을 한 숀은 그곳에서 종적을 감추어 버렸다.

잠시 후, 그런 그가 다시 나타난 곳은 공교롭게도 성안에서 반란을 꿈꾸고 있던 패잔병들의 숙소였다.

"어머, 제가 잘못 온 것 같군요."

"헛! 혹시 당신은 잭슨 백작에게 잡혔다는 그 아가씨 아닌가요?"

"맞다! 지난번 잡혀 올 때 본 분이야!"

숀은 일부러 그 사람들 앞에 보란 듯이 나서 놓고는 가증스럽게도 모르고 들어온 척했다. 그러나 그런 그의 연기는 바로 효과를 보고 있었다. 몇몇 병사들과 기사들이 그(혹은 그녀)를 알아보고는 놀란 것이다. 사실을 알고 보면 그중 몇 사람은 숀의 스파이였지만 말이다.

"미안해요. 제가 지금 급히 도망치다 보니 이쪽으로 잘못 온 것 같아요. 그럼……."

"잠깐만요! 우리는 아가씨를 해칠 사람들이 아니라오. 그러니 부디 잠시만 기다려 주시오."

숀이 나가려는 액션을 취하자 대사제 드로운이 나타나 그녀의 발걸음을 멈추게 했다.

순간 숀의 입가에 잠깐이지만 미묘한 미소가 떠올랐다가 순식간에 사라졌다.

"저를 잡으려고 하면 누군가는 다치게 될 거예요. 제가 비록 여자의 몸이지만 마나를 다루는 검사거든요."

"허허, 여기 그 누구도 아가씨를 해치려 하지 않을거요. 그러니 안심하고 이 노인네와 잠시만 이야기를 나누어봅시다."

파비앙의 모습을 하고 있는 숀의 말에 대사제 드로운이

환하게 웃으며 말했다. 그런 그의 표정 뒤에는 묘한 기대감이 서려 있었다.

3

일천팔백 명의 기사단과 삼십여 명의 마법군단이 무려 오천 명이나 되는 잭슨 백작의 영지군을 대파했다. 그로 인해 손의 군대는 엄청난 기세를 올리고 있었다. 비록 삼천오백여 명이나 성안으로 도망쳐 들어가기는 했지만 이건 그야말로 일방적인 승리라고 할 수 있었다.

지휘 막사 안에 이번 전투의 주역들이 모였다.

그 가운데 렌탈이 멀린을 바라보며 칭찬했다.

"정말 대단한 전투였소! 마법군단의 활약은 정말 상상 이상이었다오."

"운이 좋았던 게죠. 그들에게 전투 마법사는 워낙 생소했을 테니까요."

"달려 가면서 무시무시한 파이어 볼을 날리는 마법사들이 운으로 이겼다고요? 그들이 아예 처음부터 숨어 있었다면 몰라도 들판으로 나온 이상 알았다고 해도 달라지는 것은 없었을 것입니다."

"허허, 그런가요? 하긴 저 스스로 생각해도 전투 마법사들은 정말 소름 끼치는 존재라고 할 수 있지요. 사실 그것을 가장 처음 생각해 낸 분은 주군 아닙니까? 알면 알수록 그 끝이 어디인지 상상도 할 수 없는 분이지요."

렌탈이 계속 칭찬을 하자 멀린은 고개를 끄덕이며 공을 손에게 돌렸다.

실로 대마법사다운 겸손함이다. 처음 손을 만났을 때와는 완전히 달라진 모습이다.

"그건 저도 인정합니다. 시간이 흐를수록 그 능력의 끝이 어디인지 모를 분이기는 하지요."

"어디 마법군단뿐이겠습니까? 무적 기사단의 그 멋진 공격을 생각해 보십시오. 보는 것만으로도 어찌나 통쾌하던지 십 년 묵은 체증이 내려가는 것 같을 정도입니다. 물론 소피아 총수님께서 이끄는 상단의 공도 컸지만 말입니다."

멀린의 말에 렌탈이 수긍하자 이번에는 크롤 백작이 나서서 무적 기사단과 소피아 상단을 칭찬하고 나섰다. 가만 보니 이번 전투에서 대승을 거둔 이면에는 소피아 상단도 한몫을 한 모양이다. 하긴 작전 중에 그들이 뭔가 꾸미는 것이 있기는 했다.

"저희들이야 미리 폭탄을 설치해 놨다가 파비앙 단장님과 무적 기사단이 적을 유인해 왔을 때 터뜨린 것뿐인데요, 뭐. 크롤 백작님의 말씀처럼 이번 전투에서 무적 기사단이 보여준 용맹함과 실력은 정말 대단했습니다. 그들의 정확한 리드가 아니었다면 폭발물은 무용지물이 될 수도 있었거든요."

"어머, 그건 아니죠. 오히려 저희들이 적들을 약간 벗어나게 유인하는 바람에 소피아 상단 분들께서 고생하셨죠. 자칫했으면 그들 전부가 폭사를 당할 수도 있었으니까요."

이번에는 소피아가 무적 기사단을 칭찬하고 나섰다. 그러자 파비앙은 오히려 그런 그녀와 상단 사람들에게 공을 돌렸다.

서로 공을 세웠다고 주장하는 다른 집단들과 비교하면 실로 흐뭇한 광경이 아닐 수 없었다.

"허허, 누가 더 낫다고 할 수 없을 만큼 모두 다 잘해주었소. 아마 주군께서도 나와 같은 생각일 거요. 그리고 아직 전쟁이 끝난 것은 아니오. 우리에게는 성 점령이라는 더 큰 과제가 남아 있소."

"그건 형님 말씀이 맞습니다. 아무리 적들이 대패를 당했다고는 하나 아직 성안에는 오천여 명에 달하는 적이 있는 셈입니다. 절대 공략이 쉬울 리가 없지요."

시골 오지에 있는 영지를 다스릴 때의 렌탈은 이제 사라진 지 오래였다.

지금의 그는 통찰력이 깊고 매사에 신중하며 손이 없을

때 좌중을 올바른 방향으로 이끄는 매우 유능한 지휘관이
었다.

"하지만 의외로 쉬울 수도 있어요."

"소피아 작전 대장님, 그게 무슨 말씀이십니까? 성 공략
이 쉽다는 뜻인가요?"

렌탈과 크롤 백작이 가장 중요한 주제를 놓고 이야기를
시작하는 순간, 갑자기 소피아가 끼어들어 의외의 말을 꺼
냈다. 그게 놀라웠는지 렌탈이 뻔한 질문을 던졌다.

"네, 맞아요."

"병법에 보면 수성을 하고 있는 성을 무너뜨리기 위해서
는 공격자가 수비자에 비해 최소 두 배 이상의 병력을 가지
고 있어야 한다고 했습니다. 하지만 우리는 전력에서는 앞
설지 몰라도 병력 수에서는 오히려 그들보다 한참 모자란
상황입니다. 그런데 대체 무엇을 근거로 그런 자신감을 보
이시는 것입니까?"

전투력이 강하다고 금방 성을 차지할 수는 없다. 성 위에
서 공격하게 되면 그 위력이 몇 배나 더 강력해지기 때문이
다. 하지만 누구보다 그것을 잘 알고 있는 소피아는 너무도
단호한 자신감을 보이고 있었다. 렌탈과 그 외의 사람들이
의아해질 정도로 말이다.

"사실 저는 애초부터 주군께 별도의 작전을 지시 받았거

든요."

"오오! 주군께서 말씀이십니까?"

소피아의 말에 모두의 얼굴에 반색이 떠올랐다. 손이 직접 작전을 지시한 것이라면 보나마나 기발할 것이 분명하다고 생각했기 때문이다.

"네, 그건 바로 지난번 처음으로 우리에게 당하고 성안으로 도주해 들어간 자들을 포섭해서 반란을 일으키도록 유도하는 일이었습니다."

"그, 그래서요? 성공하셨습니까?"

"주군께서는 과연 신인이셨습니다. 그분은 적들이 패배를 하고 성안으로 들어갈 때 저희 상단 사람들을 미리 준비하도록 지시를 내리셨죠. 그들과 섞여서 들어가도록 말이에요. 그 수가 고작 십여 명에 불과했기 때문에 그 누구도 눈치챌 수 없었을 겁니다."

소피아의 이야기가 이어질수록 모두의 얼굴에는 그저 놀랍다는 표정만 떠올랐다. 그렇게 정신없는 와중에 언제 그런 준비를 시켰다는 말인가. 절대 아무나 보여줄 수 없는 치밀함이었다.

"그래서 어떻게 되었습니까?"

"주군의 예상대로 패잔병들은 결코 잭슨의 환영을 받지 못했습니다. 목숨을 걸고 싸우다가 겨우 살아 돌아온 그들을 마치 벌레 취급하듯 했으니까요. 그 때문에 그들은 크게 분노했지요."

"그럴 때 우리 상단 사람들이 슬쩍 불을 지르면 저절로 타오르겠군요?"

이번에는 파비앙이 끼어들어 이렇게 말을 했다. 총명한 그녀는 여기까지만 듣고도 충분히 당시의 상황을 파악한 것 같았다.

"파비앙 단주의 말대로입니다. 그들은 크게 화를 냈고, 그때 우리가 그들의 분노에 더욱 기름을 끼얹었었죠. 그로 인해 그들은 반란을 준비하기 시작했습니다. 만일 이럴 때 파비앙 단주님으로 변장하고 있는 주군께서 그들과 합류하신다면 어떤 일이 벌어질까요?"

"휘유~ 주군께서 그 틈에 섞이신다면 성을 차지하는 것은 식은 죽 먹기겠지요. 가만, 혹시 그 이후의 일까지 주군께서 말씀해 주신 것입니까?"

소피아의 질문에 크롤 백작이 감탄했다는 듯 대꾸하다가 퍼뜩 정신을 차린 모습으로 되물었다.

그러자 그녀가 살짝 미소를 지으며 다시 입을 열었다. 크롤 백작의 심장마저 떨리게 만드는 살인 미소였다.

"호호, 그래요. 주군께서는 내일 아침 날이 밝기 전 모든 병력을 성 근처로 집결시킨 다음 대기하라고 말씀하셨습니다."

"성 근처에 집결하는 것은 별것 아니지요. 그다음은 어떻게 하라고 하셨습니까?"

다른 사람들의 의견을 듣기만 하던 렌탈이 갑작스럽게 물었다. 이제부터는 자신이 전체적인 것을 조율해야 한다고 생각한 것이다. 전 부대를 움직여야 하니 말이다.

"성안에서 연기가 피어오르기를 기다렸다가 그것이 보이면 곧장 성문으로 달려가라고 하셨어요. 그러면 곧 문이 열릴 거라고 하더군요."

"역시 주군이십니다. 잭슨 백작에게 사로잡혀 있는 분이 태연하게 그런 명령을 내리셨으니 말입니다. 하하하!"

소피아가 결론짓듯 이렇게 말하자 크롤 백작이 통쾌하게 웃으며 대꾸했다.

"동이 트려면 이제 겨우 두어 시간밖에 남지 않았소. 그러니 모두 자신의 부대로 돌아가 모든 병사와 기사들에게 이동 준비를 서두르라고 전하시오. 그게 완료되면 곧바로 출발할 것이오."

"알겠습니다!"

렌탈 남작의 명령이 떨어지자 다들 부랴부랴 움직이기 시작했다.

다른 사람이 아닌 주군의 말이기에 누구 하나 의심하거나 걱정하지 않았다.

그렇게 약 삼십여 분이 지나자 모든 부대의 진지 철수 및 이동 준비가 완료되었다.

"각 부대장들은 모두 잘 들으시오! 우리는 정각 네 시에 출발할 것이오! 목적지는 잭슨 성의 정문에서 우측으로 100미터쯤 떨어진 지점이오! 모든 말의 발굽에 천을 씌우고 목적지에 도착할 때까지 최대한 정숙을 유지하기 바라오!"

"알겠습니다!"

모두의 대답이 떨어지자 시계를 보고 있던 렌탈 남작의 오른손이 위로 치켜졌다. 그러고는 모두의 시선을 받으며 힘차게 아래로 떨어졌다.

"출발!"

"출발!"

쿠쿠쿠쿵!

그러자 마법군단과 무적 기사단을 비롯한 약 이천여 명의 군대가 투박하고 무뎌진 발굽 소리와 함께 힘차게 달려나갔다.

Chapter 04
무르익는 음모

건들면 죽는다

1

최근 들어 왕궁 내에 루드리히 2세의 죽음이 임박했다는 소문이 돌기 시작했다.

그래서인지 두 왕자의 움직임이 더욱 활발해지고 있었다. 양쪽 모두 왕이 죽는 순간 왕국을 차지하기 위해 혈안이 되었다. 그러기 위해 그들은 하루에도 수십 번씩 더욱 철저하고 완벽한 음모를 꾸미고 있었다.

그런 가운데 바스티안 왕자의 처소에 그의 심복인 체사레 백작이 나타나 보고를 올렸다. 그는 얼마 전 왕실 감찰

부 조장의 직함까지 맡게 된 상황이라 정보에 더욱 밝아진 상태였다.

"저하, 방금 전 들어온 보고에 의하면 잭슨 백작의 성으로 크롤 백작의 영지군이 몰려갔다고 합니다!"

"뭐이? 그 하찮은 크롤 백작이 감히 나의 사람을 치러 갔다는 말이오?"

"그렇습니다, 저하."

쾅! 콰지직!

"이것들이 오냐오냐 해주니까 이제 뵈는 것이 없는 모양이로군! 당장 그 버르장머리부터 고쳐 줘야겠어!"

바스티안이 흥분해서 벌떡 일어나며 앞에 있던 테이블을 주먹으로 내려쳤다. 그러자 그 고급스러운 테이블이 단번에 반으로 쪼개졌다.

"참으십시오, 저하. 그들이 그런 행동을 하는 이면에는 그럴 만한 이유가 있습니다. 그 때문에 지금 그들의 행동은 모든 왕국민의 지지를 받고 있는 상태이기도 합니다."

체사레 백작의 말에 바스티안은 자리에 다시 주저앉으며 일단 흥분을 가라앉혔다.

뭔가 심상치 않음을 느낀 모양이다.

"왕국민들이 그놈들을 지지하고 있다고? 뭐가 어떻게 된 일인지 좀 더 상세히 말해보시오!"

"잭슨 그자가 하필 이럴 때 해서는 안 되는 일을 저질렀습니다."

"어허~ 답답하오. 그자가 무슨 짓을 저질렀는지 어서 속 시원히 말해보시오."

바로 이야기하기가 좀 그랬는지 체사레 백작이 약간 머뭇거렸다.

그러자 바스티안이 버럭 소리를 질렀다. 급한 성격이 고스란히 드러나는 모습이다.

"그가 귀족 가문의 여식을 납치한 것 같습니다."

"뭣이라고? 아니, 그건 또 무슨 소리요? 그자가 여자를 좋아하는 것은 나도 익히 알고 있기는 하지만 귀족가의 여식을 납치하다니… 대체 누구의 딸을 납치한 거요? 크롤 백작에게 그렇게 큰 딸은 없는 것으로 아는데?"

귀족들이 여자를 좋아하는 것이 당연하다고 생각하는 세상이다. 그러다 보니 간혹 납치 사건도 일어나곤 했는데 그것을 그렇게 큰 죄로 여기지도 않았다. 그 세력이 크면 클수록 말이다. 그래서 잭슨 같은 자가 지금까지 무사할 수 있던 것이다.

그런 배경 때문에 바스티안은 크롤 백작이 왜 잭슨 백작을 치는 것인지 더욱 이해할 수가 없었다. 본인의 딸은 아닌 게 확실했으니 말이다.

"크롤 백작의 딸이 아니라 그와 함께하고 있는 렌탈 남작의 딸이 납치당했다고 합니다."

"어허~ 참, 렌탈 남작에게 딸이 있다는 것은 나도 들은 바 있소. 하지만 그래 봤자 고작 시골 영지의 주인 아니오? 어째서 그녀가 잭슨에게 납치당했다는 것이 알려졌느냐 이 말이오."

어이없게도 바스티안은 잭슨이 귀족가의 여식을 납치한 것을 나무라는 것이 아니라 그것이 외부로 알려진 것에 대해 더 짜증을 부렸다. 걸리지만 않으면 그냥 눈감고 넘어갈 일이라는 뜻이다. 그야말로 그 주군에 그 신하였다.

"실은 그 아가씨가 탈출을 하려다가 잡히는 바람에 모든 영지민의 눈에 띄었다고 하더군요. 평소 잭슨 백작의 정치에 불만을 품던 그들이 소문을 낸 것이고요."

"덜떨어진 영감탱이 같으니라고! 명색의 귀족가의 아가씨라면 더 철저하게 잡아갔어야 할 것 아닌가. 그걸 놓쳐서 왜 일을 더 복잡하게 만들고 지랄이야! 아무튼 좋소. 하지만 아무리 그렇다고는 해도 어쨌든 잭슨은 우리에게 꽤 중요한 조력자라고 할 수 있소. 그런 이상 이대로 그냥 방관만 할 수는 없다는 게 내 생각이오."

현재 바스티안의 진영과 크리스티안의 진영은 서로 비슷한 힘을 보유하고 있었다. 이럴 때 만일 잭슨이 당하기라도 하면 급속도로 크리스티안에게 힘이 기울 수 있었다.

절대 그런 일이 일어나서는 안 되었다.

"하지만 저하, 크롤 백작의 부대는 겨우 이천여 명도 채 되지 않습니다. 거기에 반해 잭슨 백작의 성안에는 무려 일만 삼천여 명의 영지군이 주둔하고 있지요. 민심이 크롤 백작과 렌탈 백작에게 기울어져 있는 지금 굳이 전하께서 나설 필요는 없다는 말입니다."

"뭐라고요? 겨우 이천여 명으로 잭슨 백작의 성을 친다는 것이 사실이오?"

이천 명이라는 그 한마디에 바스티안의 얼굴에 남아 있던 긴장감이 순식간에 사라졌다.

"그렇습니다. 딸이 잡혔다는 말에 그들이 완전히 돌아버린 것이지요. 그래서 더욱 민심을 얻게 된 것이고요. 원래 힘없는 것들은 꼴에 약한 자를 더 편들어주는 법 아니겠습니까?"

"돌았다는 표현이 정확하겠군. 이거야말로 기름을 짊어지고 불속으로 뛰어든 형국이니 말이오. 거참, 렌탈 남작의 여식이 얼마나 예쁜지 몰라도 잭슨만 신이 날판이로군. 결국 그들의 중앙 입성은 이번으로 끝일 테고 말이야."

슌은 애초부터 잭슨 백작을 치러 갈 때 그 숫자를 최대한 적게 잡았다. 그래야 이처럼 바스티안이 자신들을 우습게 보고 지원군을 보내지 않을 테니까 말이다.

하긴 그 누구도 이천여 명의 병력 가운데 무려 일천팔백 명이 마나를 능숙하게 다루는 기사들이라는 것은 상상도 못할 터였다. 그렇게 많은 기사는 왕자들이나 간신히 동원이 가능할 정도였기 때문이다.

그랬기에 바스티안은 크롤 백작과 렌탈 백작이 이번에는 끝장이 날 것이라고 예상했다.

"하지만 여전히 크리스티안 왕자님 측의 움직임은 심상치 않습니다. 실은 그 문제가 훨씬 더 중요하다고 할 수 있지요."

"그건 또 무슨 소리요? 둘째가 병력 동원이라도 하고 있다는 것이오?"

크리스티안이라는 이름이 나오자 웃고 있던 바스티안의 얼굴에 금방 어둠이 내려앉았다. 동생이지만 그와는 숙명의 적이나 마찬가지 아닌가.

"아직 그런 것은 아닙니다. 하지만 저희가 조사해 본 바로는 어제 매우 수상한 회동이 있던 것은 사실입니다."

"수상한 회동? 그건 또 뭐요?"

"크리스티안 왕자님의 가장 영향력 있는 동조자들이 모두 한자리에 모였습니다. 그게 무엇을 뜻하겠습니까?"

체사레가 이런 말을 하자 바스티안의 얼굴이 붉으락푸르

락해졌다.

그 모임은 자신의 동생이 자신에게 비수를 꽂기 위해서였음을 충분히 짐작할 수 있어서였다.

하지만 이와 비슷한 상황은 크리스티안의 처소에서도 일어나고 있었다.

"뭣이라! 형님의 측근들이 비밀 회동을 했다고?"

"그렇습니다. 잭슨 백작이 렌탈 남작의 딸을 납치한 이유도 거기에 있지 않나 싶습니다. 그렇지 않고서야 일부러 사람들이 알게끔 백주에 납치 행각을 할 이유가 없거든요."

이곳에서도 비밀 회동 운운하고 있었다.

지금 보고하고 있는 기사 텐신의 말에 의하면 결국 크리스티안 측근들의 모임을 놓고 흥분한 바스티안도 같은 짓을 했다는 이야기가 아닌가. 참으로 무서운 형제였다.

하지만 흘러가는 상황을 놓고 보면 숀에게는 매우 바람직한 형태였다. 둘이 싸워서 그가 손해 볼 일은 없기 때문이다. 게다가 잭슨을 치기 위해 파비앙을 납치하게 만든 음모가 완전범죄가 되어가고 있었다.

"그렇다면 네 말은 놈들이 회동을 좀 더 감쪽같이 감추기 위해서 렌탈의 딸을 납치했다는 것이냐?"

"그렇습니다. 그래놓고 그 사실을 슬쩍 흘리면 대다수의 사람들이 바짝 관심을 가질 것 아니겠습니까? 그럴 때 회동

하면 훨씬 비밀 보장이 쉬울 것이라고 생각했겠지요. 그래 봤자 우리 정보원들에게 발각됐지만요."

텐신이 자랑스럽다는 듯 이렇게 말했다. 그리고 그의 이런 보고로 인해 크리스타안은 속으로 이제 사생결단을 낼 때가 다가왔음을 직감했다.

"결국 아바마마가 돌아가시는 시점에 바로 우리를 치겠다는 심산이겠지. 그 양반의 생사가 이 손에 달려 있는 것도 모르면서 말이야. 빌어먹을. 좋아, 이렇게 되면 거사를 좀 더 앞당기는 것이 좋을 것 같군."

"그, 그러시면……."

"놈들을 속이기 위해 한 회동 말고 진짜 회동을 준비해라. 그리고 아바마마의 승하를 앞당길 준비도 말이다."

결국 소드 마스터가 되면서 인성을 거의 상실해 버린 크리스티안이 절대 해서는 안 되는 결정을 내렸다. 자신의 친아버지를 살해할 마음을 먹은 것이다. 그리고 다행히 그의 이런 결정을 은밀히 숨어서 지켜보는 사람이 있었다.

'아우~ 저 새끼, 진짜 내 손으로 죽여 버렸으면 좋겠네. 하지만 그렇게 되면 형한테 혼나겠지? 저자가 어르신을 해치려는 의도를 보일 때부터 틈틈이 감시하기를 정말 잘한 것 같네. 어서 이 사실을 형에게 알려야겠구나.'

그 시선의 주인은 바로 욜라였다.

그녀는 루드리히 2세를 보호하고 있을 뿐 아니라 이렇게 귀신도 모를 정도로 은밀하게 핵심 정보를 수집하고 있었던 것이다. 그리고 그것은 숀에게 정말로 중요하고 유용한 정보가 될 터였다.

2

당장 코앞에 적들이 있는데도 잭슨 백작은 애첩의 품에 안겨 있었다. 파비앙이 탈출한 사건으로 인해 한참 성질을 부리다가 결국 이곳으로 온 것이다.

"빌어먹을 년, 인간적으로 대해줬는데 감히 도망을 가? 이번에 잡히기만 하면 절대 용서하지 않겠다. 으드득!"

"아이, 각하, 그만 화 푸시고 어서 침소로 드세요. 제가 오늘 밤 특별히 안마해 드릴게요."

잭슨이 육십이 다 되어가는 것에 비해 지금 그의 비위를 열심히 맞춰주고 있는 첩의 나이는 고작 스물네 살이었다. 딸보다도 한참 어린 나이다.

그러나 그녀는 타고난 천성이 그런지 아니면 그의 재산 때문인지 이처럼 애교를 잘 부렸다. 그리고 그것은 늘 효과를 보고 있었다.

"어허, 네가 안마까지 해준다니 그냥 있을 수 없지. 어디 그럼 한번 해보아라."

"어서 옷을 벗으세요. 제 안마는 그래야 효과가 더 있거든요. 호호호!"

그가 정력가임은 그 누구도 부정하지 못할 것 같았다. 하루 종일 전투를 치르고 정신없이 도주하면서 시달렸건만 이처럼 한밤중까지 욕정을 불태우는 것을 보면 말이다. 아무튼 그의 그런 분별없는 행동은 결국 숀의 부대에 커다란 기회를 제공하고 있었다.

3

"자네 정말 이번 반역에 참가할 생각인가? 아무리 잭슨 백작이 포악한 영주라지만 어쨌든 우리의 주군이 아닌가. 그도 오늘 크게 패배를 맛보았으니 우리를 크게 벌하지는 않을 거라고."

"이 사람이 이제 와서 그게 무슨 헛소리야? 아까 파비앙 아가씨가 파랗게 겁에 질려 도망쳐 온 것 못 봤어? 그렇게 어린 아가씨까지 욕심을 부리는 인간에게 뭘 더 기대하고 싶은 거냐고!"

첫 번째 전투에서 패배를 당하고 찬밥 신세가 된 기사들 가운데 가장 영향력이 크다고 할 수 있는 두 명의 조장이 이런 대화를 나누고 있었다. 먼저 회의적인 의견을 내놓은 사람은 기사 칼리였고, 거기에 약간 언성을 높이며 대꾸한 사람은 기사 코비였다. 두 사람은 오랜 세월을 함께해 온 친구였던 것이다.

이제 곧 새벽이 되면 성문을 열기로 한 상태이지만, 칼리는 주군을 배신한다는 점이 조금 걸린 모양이다.

그런데 바로 그때, 어딘가를 다녀오던 병사 한 명이 갑자기 격분한 목소리로 떠들었다.

"이런 젠장! 병사들은 목숨을 걸고 성을 지키기 위해 밤을 새우고 있건만 영주라는 자는 오늘 같은 날에도 계집의 품속에 처박혀 있다니… 이게 말이 됩니까?"

"이봐, 병사! 대체 그게 무슨 소리인가? 흥분하지 말고 좀 더 자세히 설명해 보게."

그 소리에 놀란 대사제 드로운이 그를 진정시키며 물었다.

"죄송합니다, 대사제님. 저는 오늘 밤 잭슨 백작의 움직임을 살피러 나갔던 선임 병사, 잭입니다요. 그런데 임무 중에 못 볼 꼴을 봐서… 그래서……."

병사는 자신이 본 것들을 모두 털어 놓았다.

"저런 짐승 같은 놈."

"내가 이래서 잭슨 그자가 싫다니까. 퉤이!"

병사의 설명이 이어지자 여기저기에서 욕설이 터져 나왔다.

이곳은 이미 반역을 결심한 자들만 모여 있어서 그런지 잭슨을 욕하는 것에 망설임이 없었다.

하긴 병사들은 시시각각 생명의 위협을 받고 있는 상황인데 영주라는 자는 여체나 탐하고 있으니 그럴 만도 했다.

"자네도 들었지? 그래도 주군이랍시고 의리를 지키고 싶은가?"

"휴우, 내가 잠깐이나마 너무 감상에 젖었던 모양이로군. 미안하네, 코비. 나도 저렇게까지 타락한 인간에게 충성을 바치고 싶지는 않네."

결국 기사 칼리마저 잭슨 백작에게서 완전히 등을 돌리고 말았다. 아니, 그뿐 아니라 망설이던 몇몇 사람이 이때를 기해 일제히 완벽한 반란군으로 돌변했다.

방금 흥분하던 병사가 그것을 지켜보며 슬며시 무리 속으로 스며들었다. 그러고는 그와 비슷한 눈빛을 하고 있는 자들을 보며 고개를 끄덕였다.

알고 보면 이들이 바로 미리 심어놓았던 소피아 상단의 사람들이었던 것이다.

"벌써 시간이 새벽 네 시요. 이제 우리는 본격적으로 작전에 돌입해야 할 때라는 뜻이오. 모두 각오는 되어 있는 거요?"

"물론입니다!"

어느 정도 장내의 분위기가 정리되자 드로운 사제가 앞으로 나서며 입을 열었다. 그러자 모두 한목소리로 대답했다. 물론 절대 큰 소리는 아니다. 하지만 한결같이 대단한 결의가 느껴지는 목소리였다.

"좋소, 그럼 모두 작전에 돌입할 것이니 무장 점검을 하시오. 그리고 기사 아리스타는 앞으로 나오시오."

"네, 대사제님."

이들은 패잔병이라고 할 수 있었다. 그러나 대사제 드로운을 지휘관으로 내세우고 자체 정비를 하자 그 어떤 부대와 비교해도 뒤처지지 않을 정도의 모양새를 갖추기 시작했다.

"이제부터 기사 아리스타를 선봉장으로 삼겠소. 그대는 지금 당장 오백 명의 병사를 이끌고 가장 먼저 성문부터 접수하시오."

"알겠습니다! 모두 나를 따르라!"

우르르르!

드로운의 명령에 기사 아리스타와 그의 휘하에 있던 병사 오백 명이 순식간에 사라져 갔다. 그가 바로 오백인부대장이었던 모양이다.

"기사 버그!"

"네, 대사제님!"

"그대는 일백 명의 병사들을 이끌고 성문 근처에 대기하고 있다가 기사 아리스타의 부대가 성문을 점령하면 바로 불을 피울 수 있게 준비하시오. 최대한 연기가 많이 올라갈 수 있도록 해야 할 거요."

"알겠습니다!"

드로운의 명령이 떨어질 때마다 병사들이 분주히 사라졌다. 그러고 나자 마지막에는 백여 명의 병사와 사제들, 그리고 파비앙 등이 남았다.

"아가씨는 저와 함께 가시지요. 저 병사들과 사제들이 아가씨를 지켜줄 것입니다."

"짐이 되기는 싫어요. 그러니 저에게도 검을 한 자루 빌려주세요."

그러자 드로운이 파비앙에게 말을 건넸다.

아름다우면서 너무도 연약해 보이는 그녀가 겁을 먹을까 봐 그런지 꽤나 걱정스러운 말투다.

하지만 그녀는 오히려 이처럼 당차게 검을 요구했다.

"검을 쓸 줄 아는 겁니까?"

"물론이에요. 아마 일대일로는 그 누구와 싸워도 쉽게 지지 않을걸요. 저는 세상에서 가장 강한 분에게 검술을 배웠거든요. 제가 만일 처음부터 잭슨 백작의 더러운 흑심을 알았더라면 절대 잡히지 않았을 거예요."

워낙 자신만만한 말투라 드로운 사제는 파비앙의 말을 다는 아니더라도 어느 정도는 믿을 수밖에 없었다.

"아가씨에게 검을 건네주거라."

"네, 대사제님. 여기 있습니다, 아가씨."

"고마워요."

찡긋.

"아……!"

드로운의 말에 검을 건네준 기사는 파비앙의 윙크에 혼이 나가 버리고 말았다.

사실은 숀이 장난기가 발동해 그런 것이지만 그게 설마 한 사내의 인생을 망가뜨리게 될 줄은 전혀 몰랐다.

후에 이 병사는 상사병에 걸려서 밤마다 꺼이꺼이 울며 온 성을 돌아다니게 되었던 것이다.

아무튼 그런 불행의 씨앗을 심어놓은 줄은 꿈에도 모른 채 파비앙은 대사제 일행과 함께 성문 쪽으로 이동을 시작했다.

차앙~ 챙! 챙!

"으악~!"

"헉! 반역이다! 반역이 일어났… 컥!"

"최대한 빨리 성문을 확보해라!"

밖으로 나오자마자 각종 소리가 들려왔다. 병장기 부딪치는 소리와 비명, 거기에 성을 지키는 자들과 반란군이 서로 외치는 소리가 뒤섞여 있었다.

"거기 가시는 분은 대사제님 아니십니까?"

"으음, 당신은 작전사령관 제이콥⋯⋯."

"가만, 혹시 이 반란의 주동자가 설마 당신?"

바로 그때, 반란군의 소식을 듣고 밖으로 뛰어나온 방위군 작전사령관 제이콥이 하필 드로운 일행과 마주쳤다. 그러고는 곧 지금의 상황을 빠르게 파악했다.

"허허, 내 그대에게 억하심정이 있는 것은 아니지만 어쩔 수 없구려. 신성한 빛의 힘이여, 이곳에 임재해⋯⋯."

"늦었소! 타핫!"

"헉! 위험!"

제이콥이 난리를 치면 반란이 성공하기 힘들 수도 있었다.

그것을 파악한 드로운은 재빨리 공격 마법을 캐스팅했다. 그런데 그보다 제이콥의 눈치가 더 빨랐다.

그는 드로운의 캐스팅이 끝나기도 전에 무서운 속도로 공격했다. 거기에 놀란 다른 사제들은 커다란 경고 소리와 함께 그대로 눈을 질끈 감아버렸다.

그건 드로운 사제도 마찬가지였다. 하긴 갑자기 검이 코 앞까지 다가오는데 그 누가 눈을 뜨고 있을 수 있겠는가. 하지만 시간이 지나도 더 이상 아무런 반응이 없자 모두의 눈이 다시 떠졌다.

"헉! 저, 저럴 수가!"

"으윽! 어, 어서 이 검을 치워라. 그렇지 않으면 드로운 사제의 목숨은 끝이다."

"호호! 목에 구멍이 뚫리고 싶으면 어디 한 번 해보시죠?"

제이콥의 검은 드로운 사제의 목 앞에서 멈추어 서 있었고, 대신 그의 목에는 파비아의 검이 살짝 파고들어 있었다. 조금만 움직여도 골로 갈게 뻔한 위치이다.

그러니 어떻게 더 이상 검을 휘두를 수 있겠는가. 그럴 때 성문 쪽에서 커다란 고함이 들려왔다.

"성문을 접수했다! 어서 연기를 피워 올려라!"

"와아아아~!"

그와 동시에 성문 옆쪽에서 불이 붙었고, 실로 엄청난 연기가 피어오르기 시작했다. 이때는 이미 환하게 동이 트고 있는 시간이었다.

"성문이 열린다! 어서 공격하라!"

"와아아아아~!"

두두두두!

그리고 실로 섬뜩하기 짝이 없는 함성과 함께 힘찬 말발굽 소리가 들려왔다.

Chapter 05

재슨의 몰락

건들면죽는다

1

동이 터오기 직전까지도 성문 위에서 경계를 서던 자들은 적의 낌새를 전혀 눈치채지 못했다.

당연한 것이 그들은 대부분이 일개 병사였고 적은 죄다 기사들이 아닌가. 아무리 모든 감각을 총동원해서 근무를 선다고 해도 병사가 기척을 일부러 감춘 기사들의 흔적을 찾아내기는 어려웠다.

"지금쯤이면 연기가 올라와야 하는 것 아닌가요?"

"쉿! 좀 더 목소리를 낮춰라. 그리고 소피아 대장님의 말씀에 의하면 약속 시간까지는 아직 더 남았다. 동이 틀 때 연기가 올라올 거라고 했으니 말이야."

그랬기에 그 병사들의 바로 아래쪽에는 이미 무적 기사 단원들이 도착해 있었다. 시간이 흐를수록 무섭게 실력이 향상되고 있는 최강의 집단이 말이다. 그들은 모두 말을 타고 있었지만 말들도 입에 피낭(가죽 주머니)이 채워져 있어서 그런지 몹시 조용했다.

그런 가운데 기사 한 명이 이런 질문을 하자 아직까지도 갑옷에 투구까지 쓰고 있는 파비앙이 손가락을 자신의 입에 대며 얼른 대답해 주었다. 그러자 모든 단원들이 동시에 고개를 끄덕였다. 그리고 곧바로 침묵 속으로 빠져들었다.

그런데 그때.

"어서 모두 잡아라!"

"와아아아~!"

갑자기 성문 안쪽에서 요란한 함성과 함께 소동이 벌어지는 소리가 들려왔다.

"드디어 시작인 모양입니다."

"나도 듣고 있다. 성문을 지키고 있는 자들에 비해 공격하는 자의 수가 훨씬 많으니 금방 끝날 것 같구나. 모두 돌격 준비를 하라!"

"알겠습니다!"

그 소리를 듣자마자 무적 기사단은 빠르게 돌격 준비에 돌입했다. 그리고 마침내 연기가 피어오르며 성문이 열렸다.

"신호가 떨어졌다! 모두 돌격 앞으로!"

"와아아아아~!!"

두두두두!

그들은 성문 안으로 진입하자마자 그야말로 무인지경을 달리는 것 같았다. 수많은 적이 그들의 앞을 가로막았지만 그건 마치 나방이 불속으로 뛰어드는 형국 같을 뿐이었다.

두두두두!

"적이 침입했다! 막… 크억!"

"끄악!"

추풍낙엽(秋風落葉)이라는 표현은 이럴 때 써야 할 것 같았다. 그 누구든 앞을 막으려 하면 곧바로 목이 잘리거나 가슴을 찔려서 죽어나갔으니 말이다.

이는 몇몇을 본보기로 잔인하게 죽여서 아예 적들의 기세를 누그러뜨리려는 작전 중 하나였다.

바로 그럴 때 파비앙의 앞에 또 한 사람의 파비앙이 나타났다. 물론 손이다. 자신과 너무나도 똑같이 생긴 그의 모습에 진짜 파비앙은 놀라기에 앞서 경이로움까지 느낄 지경이었다.

손이 그녀의 손을 붙잡더니 순식간에 허공으로 떠올라 인근 숲까지 날아갔다.

그 속도가 어찌나 빠른지 옆에서 그녀를 보좌하고 있던 기사들마저 모를 정도였다.

"호호, 드디어 왔구나."

"어머! 주, 주군?"

"내가 아니고서야 단장의 모습과 똑같은 사람이 또 있겠어? 자, 이제 원래대로 돌아갈 시간이니 어서 준비해."

"무, 무슨 준비를… 엄마야!"

그녀를 은밀한 곳으로 데려온 손은 다짜고짜 여성용 사냥 옷을 벗었다.

그러고는 언제 준비해 놓았는지 인근 나무의 아래를 파서 그곳에 숨겨놓은 남성용 레더 갑옷을 재빨리 입었다. 그러고는 놀라고 있는 파비앙에게 자신이 입고 있던 옷을 건네주었다.

"뭘 그렇게 놀라고 그래? 자, 어서 이제 그 투구와 갑옷을 벗고 이 옷을 입으라고."

"옷, 옷을 갈아입으라고요?"

"돌아서 있을 테니 부끄러워할 필요 없어. 이제부터 당신이 본모습으로 움직여야 반란군이 더욱 적극적으로 협조할 거라고."

"아, 알았어요."

그렇게 서로 본모습을 완전히 찾은 두 사람은 다시 아까 그 자리로 돌아갔다. 이번에도 번개를 무색케 하는 빠르기였다.

"헛! 단, 단장님, 갑자기 갑옷은 왜……?"

"쓸데없는 데 신경 쓰지 말고 어서 주군을 바짝 따라라!"

"네에? 주, 주군이라고요? 어디에 갑자기 주군이……?"

"저 앞에 달리고 계신 분이 바로 주군이다! 무적 기사단이여! 모두 주군을 보좌하라!"

"와아아아~!"

명령이 떨어지면 본능적으로 따르는 사람들이 바로 그들이었다.

이미 적들은 그들 앞에 나설 엄두도 내지 못한 채 눈치만 보고 있는 상황이었다.

그럴 때 슌이 나타났고, 거기에 파비앙의 명령까지 떨어지자 그들은 모두 순식간에 그곳을 떠나 버렸다. 하긴 이곳은 이제 반란군이 상대해도 될 터였다.

성 방위의 주력군은 아직 겁 많은 잭슨 백작의 관사 근처를 포진하고 있기 때문이다.

뿐만 아니라 그 무렵에는 약간 뒤에서 출발한 마법군단과 렌탈 남작, 그리고 크롤 백작의 친위대까지 성안으로 들어선 상태였다.

말을 타고 달리면서 공격할 수 있는 멀린의 전투 마법군단은 이미 수천 명의 병사까지도 상대할 수 있는 막강한 전력이 아니던가.

"잭슨을 만나거든 무조건 그를 책망하라고. 나머지는 내가 알아서 할 테니."

"무슨 말씀이신지 알 것 같아요."

"주군, 이쪽이에요."

숀이 파비앙과 나란히 말을 달리며 이런 말을 하고 있을 때 갑자기 앞쪽에서 누군가가 나타나 길 안내를 시작했다.

작전이 시작될 무렵 성안으로 먼저 스며들어 있던 소피아다.

"어머, 소피아 언니, 언제 여기까지……."

"호호, 그런 이야기는 나중에 하기로 하고 어서 움직여. 지금 잭슨 백작이 몰래 이곳을 빠져나가려고 하고 있거든."

"그놈을 놓치면 안 되겠죠. 모두 속력을 높여라!"

"속력을 높여라!"

그렇게 그들이 약 삼 분 정도를 달리자 그들의 앞을 엄청난 병력이 가로막았다.

그 모습을 보고서도 무적 기사단은 속력을 늦추지 않고 그대로 돌격을 감행하려고 했다. 그런데 바로 그때.

"모두 멈춰라! 그리고 어서 화살 공격에 대비하라!"

"전 부대, 화살 공격에 대비하라!"

"워어어~!"

숀의 외침이 울려 퍼졌다. 그러자 무적 기사단 전원이 멈춰 서며 거의 반사적으로 마나를 끌어올렸다. 그리고 거의 동시에 어마어마한 양의 화살의 비가 떨어져 내렸다.

후두두두둑!

휙휙~ 서걱! 투투투툭!

그러나 미리 준비하고 있던 기사들을 상하게 할 수는 없었다.

무적 기사단은 평소 훈련 때에도 이런 상황을 대비해 왔기 때문에 단 한 사람도 다치거나 죽지 않았다. 그렇다고 그게 끝없이 이어진다는 말은 아니다. 그들이 가지고 있는 마나의 양엔 한계가 있기 때문이다.

어떻게 해서든지 적 궁수대의 공격을 멈추게 하지 않으면 조만간 피해자가 속출할 수도 있었다. 그랬기에 숀은 잠시 갈등했다.

'어쩌지? 어쩔 수 없이 내 능력을 보여주어야 하나? 이럴 때는 역시 녀석이 있어야 하는데…….'

[주군, 제가 왔습니다. 곧바로 궁수부대를 공격해도 되는지 명령을 내려주십시오.]

마치 미리 짜놓은 것처럼 멀린이 등장하며 매직 보이스로 말을 전달해 왔다. 방금 손이 생각한 사람도 바로 그였기에 그는 더욱 놀랄 수밖에 없었다.

그가 이렇게까지 빨리 나타날 수 있는 것도 알고 보면 말을 타고 달리는 전투 마법사였기에 가능했다.

[하하, 이제 네가 나의 마음까지 읽는구나. 좋다, 마법군단은 어서 적의 궁수대에게 뜨거운 맛을 보여주어라.]

[알겠습니다! 헤헤.]

남들 앞에서는 그렇게 거룩해 보이기까지 하는 멀린이었지만 손에게는 여전히 재롱을 떠는 종복일 뿐이었다. 종복치고는 무시무시한 종복이지만 말이다.

어쨌든 손의 명령이 떨어지자 멀린은 신이 났다.

"마법군단이여! 적의 궁수대를 처단하라! 파이어 볼~!"

"파이어 볼~!"

부아아아앙~!

"으아악! 불, 불덩이가 날아온다!"

"어서 피해라!"

콰쾅! 쿠르르르! 콰콰쾅!!

겨우 단 한 번의 공격이었지만 잭슨의 궁수부대는 바로 붕괴되고 말았다.

서른 명의 마법사가 동시에 날린 파이어 볼은 반경 1킬로

미터를 뒤덮을 정도였다.

활을 집어 던지고 뛰지 않았으면 불고기가 될 판이니 어찌 화살을 날릴 수 있겠는가.

"적 기사들부터 처리하라!"

"네! 가자~!!"

"와아아아~!"

물밀듯 밀려가는 그들 앞을 가로막을 수 있는 자는 아무도 없었다. 게다가 잭슨의 영지군은 이미 사기가 떨어질 대로 떨어져 있는 상태였다.

첫 번째 전투에서 오천 명이 박살 났고, 두 번째 전투에서는 팔천 명이 뭉개졌다. 그리고 방금 수백 명이 넘는 궁수부대가 단 한 번의 마법 공격에 사라져 버렸다.

싸울 의욕이 남아 있을 리 없었다. 그럴 때 적의 총수로 보이는 자가 마치 구세주처럼 외쳤다.

"항복하는 자는 살려주겠다!"

그것으로 성내의 반항은 끝이 났다.

"항복하겠습니다!"

"저도 항복입니다! 살려주십시오!"

그렇게 그들이 무너져 내릴 때 성의 후문 쪽에서 소피아를 비롯한 나이트 홀릭 형제가 기세등등하게 나타났다.

"주군을 뵈옵니다! 클클클."

"놈을 잡았습니다, 주군!"

그런 그들의 손아귀에는 얼굴이 파랗게 질린 인간 돼지
가 하나 잡혀 있었다. 바로 잭슨이었다.

2

숀이 관심을 두는 순간부터 잭슨의 몰락은 시작된 것이
나 다름없었다. 게다가 그의 그런 불행을 안타까워해 줄 사
람은 아무도 없을 터였다.

아무 죄도 없는 소녀를 납치했다가 망한 케이스이기 때
문이다. 그리고 이 모든 일의 진짜 주인공이라고 할 수 있
는 소피아는 거기에서 착안해 잭슨의 단죄를 계획했다.

"주군, 정말 감사합니다."

"감사합니다, 주군!"

전투가 끝나자마자 소피아와 그녀의 상단 사람들, 아니,
정확히 말해 에드몬드 백작 가문의 신하들은 숀의 앞에 머
리를 조아리며 감사를 전했다.

숀 덕분에 이제야 옛 주군과 아버지의 복수를 할 수 있었
기 때문이다.

"하하, 나에게 감사할 필요 없소. 어차피 잭슨 백작은 우
리의 대업을 위해서라도 처리해야 하는 적 가운데 하나 아

니겠소? 하지만 여러분과 관련이 있는 자인 것은 확실하니 내 마음도 흡족할 따름이오."

"주군의 은혜를 어떻게 갚아야 할지 모르겠습니다. 진심으로 감사드립니다. 하지만 한 가지 청이 더 있습니다."

"뭐든지 말해보시오."

아버지 생각이 나서 그런지 소피아의 눈에서는 어느새 눈물이 흘러내리고 있었다.

그런 그녀가 자신을 빤히 보면서 부탁하는데 거절할 수 있는 남자는 세상에 존재하지 않을 것이다. 그리고 그건 숀도 마찬가지였다.

"잭슨 백작의 처분을 저희에게 맡겨주십시오. 간절하게 부탁드리겠습니다."

"잭슨 백작은 애초부터 우리 작전 대장님의 원수 아니오. 내 식구의 원수는 나의 원수나 마찬가지. 하지만 결국 마지막 결단은 당사자가 내리는 것이 옳겠지. 허락하겠소."

"감사합니다!"

여기까지 지켜보던 숀의 식솔들은 이제 곧 분노에 찬 소피아와 나이트 홀릭 형제가 잭슨의 목을 칠 것이라고 예상했다.

만일 그렇게 되면 그것은 곧 첫째 왕자 바스티안에게 선전포고를 하는 것과 마찬가지일 터였다. 아무리 잭슨이 렌탈 남작의 딸을 납치해서 벌어진 전쟁이라지만 그렇다고 바스티안의 허락도 없이 그의 목을 치는 것은 매우 위험한 행동이 될 수도 있었다.

그것을 알면서도 숀의 측근들은 그 누구도 그의 결정에 이의를 제기하지 않았다. 그만큼 주군에 대한 믿음이 크기 때문이다.

"자, 이제 다른 분들은 렌탈 남작의 총괄하에 어서 성내 정비를 시작하시오. 단, 포로들은 지금까지 해온 대로 될 수 있으면 포섭하는 것이 좋겠소."

"알겠습니다!"

이렇게 해서 잭슨 백작의 성은 완전하게 숀의 수중으로 떨어졌다.

이제부터는 또다시 일왕자 바스티안과 이왕자 크리스티안의 세력 다툼을 이용해 이곳 영지의 소유권을 공식적으로 차지하는 일만 남은 셈이다.

물론 워낙 치밀한 숀과 수완이 뛰어난 소피아가 숀을 잡고 있는 이상 그런 일쯤은 아무것도 아닐 터였다.

어쨌든 그렇게 성의 정비가 시작되었다.

그런데.

"주군, 신 렌탈입니다."

"들어오세요."

원래 잭슨 백작이 쓰던 화려한 집무실에 있던 손에게 갑자기 예정에 없던 렌탈이 찾아왔다.

"충성! 주군을 뵈옵니다."

"하하, 이거 둘이 있을 때는 그런 격식은 차리지 않으셨으면 좋겠습니다. 이제 곧 장인어른이 되실 분인데 자꾸 이러시면 제가 너무 불편합니다."

"장, 장인이라고요?"

다른 문제로 들어온 렌탈은 순간 경직되어 버렸다.

손과 파비앙의 사이가 보통이 아니라는 것은 진작부터 알고 있었지만 아직까지 혼인 이야기는 없던 것이다. 그랬기에 장인이라는 소리에 크게 놀랄 수밖에 없었다.

"때가 어울리지는 않지만 이렇게 된 거 정식으로 말씀드리겠습니다. 따님을 제게 주십시오."

"주, 주군······."

사실 손도 장인 소리는 무의식중에 나온 터였다. 하지만 이래저래 물이 쏟아졌으니 이제 와서 발뺌할 수도 없는 노릇이다.

그랬기에 그는 자리에서 일어나 렌탈 남작의 앞으로 가서 정중히 한쪽 무릎을 꿇으며 그렇게 말했다. 순간, 렌탈의 눈에서 눈물이 흘러내렸다. 기쁨의 눈물이었다.

"처음 만날 때부터 저는 파비앙에게 한눈에 반했습니다.

그녀를 평생 행복하게 만들어주고 싶습니다. 부디 허락해 주십시오."

"그 아이를 말입니까? 온 대륙을 뒤져도 주군께선 최고의 신랑감이십니다. 제가 반대할 이유가 전혀 없지요. 오히려 영광입니다. 그러니 어서 일어나소서."

이렇게 당사자는 전혀 모르는 사이 파비앙의 혼인이 결정됐다. 그래 놓고 괜히 찔리는지 숀이 다시 입을 열었다.

"제가 아직 파비앙에게 프러포즈를 하지 못했습니다. 그러니 이 문제는 당분간 비밀로 해주심이……."

"허허, 무슨 말씀이신지 알겠습니다. 그렇게 하지요."

"감사합니다. 아 참, 그런데 무슨 일로 오신 거죠?"

렌탈의 대답에 숀이 안심이 되었는지 금방 업무로 되돌아왔다. 그가 얼마만큼 파비앙의 감정에 신경 쓰고 있는지 한눈에 보일 정도이다.

"지금 밖에 나가보셔야 할 것 같습니다."

"밖에는 왜요?"

지금 숀의 책상 위에 쌓여 있는 서류만 해도 한 짐이 넘는다. 그야말로 눈이 뱅글뱅글 돌 정도로 바쁘다는 뜻이다. 그런 그에게 나가자고 하니 의아할 수밖에 없었다.

"일단 나가 보시면 꽤 만족스러운 결과를 보실 수 있을 겁니다. 어쩌면 이게 가장 좋은 방법일 수도 있을 것 같거

든요."

"거참, 무슨 말씀이신지 도통 모르겠군요. 어디 그럼 나가보실까요?"

"네, 이쪽으로 오시지요."

침착하고 점잖은 렌탈 남작의 평소와 너무 다른 태도가 쇤의 호기심을 무척이나 자극했다. 그랬기에 그는 부랴부랴 남작의 뒤를 따라나섰다.

그렇게 두 사람은 연병장에서 포로들을 구분하고 있는 무적 기사단원들의 인사를 받으며 성문 쪽으로 걸어갔다.

"이쪽으로는 왜 가시는 거죠? 성문 앞에 누가 있는 겁니까?"

"맞습니다. 저도 처음에 보고 깜짝 놀랐거든요. 소피아 대장님의 기발한 생각에 몇 번이나 감탄했는지 모릅니다. 허허."

처음으로 쇤을 놀려먹을 수 있어서인지 렌탈 남작은 매우 즐거운 표정을 짓고 있었다. 물론 쇤도 그의 그런 기분을 알고 있기에 더욱 동조를 해주고 있는 중이다.

"아, 소피아 대장도 이쪽에 있습니까? 그녀는 잭슨 백작을 처리해야 할 텐데 어째서 이쪽에 있는 겁니까?"

"그 문제 때문에 있는 것입니다. 작전 대장뿐 아니라 그분의 직속 장로들도 함께 있습니다. 이제 다 와가는군요."

"허어, 저쪽 사람들은 또 왜 저렇게 많이 모인 거죠? 거참."

렌탈의 말을 들으며 코너를 돌던 숀은 살짝 놀란 척을 했다. 성문 근처에 엄청난 인파가 모여 있었기 때문이다.

그의 신적인 감각으로 인해 보지 않고도 이런 상황은 금방 파악이 되었지만 순전히 렌탈 남작의 즐거움을 위해 모르는 척을 하는 것이다.

그의 충성심에 대한 약간의 서비스라고 할까? 아무튼 그로 인해 렌탈은 더욱 흐뭇한 표정을 지으며 성큼 앞으로 걸어갔다.

그런데 바로 그때.

"자, 그럼 이제부터 여러분에게 기회를 드리겠습니다! 내가 가장 억울하다고 생각하시는 분은 기탄없이 손을 들고 이야기해 보세요!"

"저요!"

"저부터 시켜주세요, 대장님! 얼마 전 저 인간이 우리 딸아이를 겁탈하는 바람에 그 아이가 자살을 했습니다요! 크흐흑!"

소피아의 말이 떨어지기 무섭게 그녀가 있는 쪽에 모여 있던 사람들이 서로 손을 들며 아우성을 쳤다. 그 모습을 지켜보며 숀이 그곳으로 다가갈 때까지도 그들의 말은 이어지고 있었다. 한결같이 잭슨에게 당한 사람들의 하소연이었다.

"저는 아내를 빼앗겼습니다! 그것도 결혼 첫날밤에 말입니다!"

"소녀는 저 짐승 같은 자에게 당한 후 오늘까지 그곳에 잡혀 있던 사람이에요! 그사이 아버지께서는 돌아가셨고요! 부디 제 손으로 먼저 처단할 수 있게 해주세요!"

그들은 잭슨을 만나는 순간, 인생이 송두리째 망가진 사람들이었다. 그들이 어째서 이곳에 모여서 이 난리를 치는 것인지 숀은 전혀 모르고 있었다. 그때 갑자기 렌탈 남작이 오른손을 치켜들며 한곳을 가리켰다.

"주군, 저쪽을 보십시오."

"저쪽이요? 아, 뭔가 쓰여 있군요."

그리고 그때서야 숀은 잭슨이 무릎 꿇고 있는 곳 앞에 박혀 있는 표지판을 발견할 수 있었다. 거기에는 다음과 같이 적혀 있었다.

에드몬드 백작을 시해하고 영지를 차지한 자, 잭슨을 공개 처벌하겠다. 천하의 악적 잭슨을 처벌할 수 있는 자격은 다음과 같다.

1. 잭슨에게 직접 피해를 입은 자.

1. 잭슨에게 직계 가족이 피해를 입은 자.

1. 잭슨의 파렴치한 일을 직접 목격했거나 증거를 가지고 있는 자.

1. 기타 잭슨과 원한이 있음을 인정받을 수 있는 자.

위의 사항에 해당하는 사람은 그를 향해 단죄의 돌을 던질 수 있음을 공고한다.

—공고인:연합군 총사령관 숀.

—시행인:작전 대장 소피아.

결국 소피아는 자신의 손으로 잭슨을 죽여 원수를 갚은 것이 아니라 이처럼 모든 영지민에게 그를 벌할 수 있는 자격을 나누어 준 것이다.

이런 예는 그 어디에도 없는 획기적인 것이었지만 확실히 숀에게는 큰 도움이 될 수 있는 기발한 방법이기도 했다.

"그녀는 정말 현명하구나. 가장 통쾌한 복수를 완성하면서도 나에게는 조금의 피해도 오지 않는 방법을 찾아냈으니 말이다."

이런 식으로 처벌하게 되면 돌에 맞아 죽지는 않겠지만 다시는 멀쩡하게 살아갈 수 없을 만큼 크게 다칠 것이 뻔했다.

그건 그가 바로 죽는 것보다 더 큰 복수가 될 것이고, 바스티안 왕자에게 원한을 살 일은 슬쩍 피할 수 있는 묘수라고 할 수 있었다. 소피아만이 생각해 낼 수 있는 기발한 묘수 말이다.

어쨌든 그렇게 잭슨은 철저하게 몰락하고 말았다.

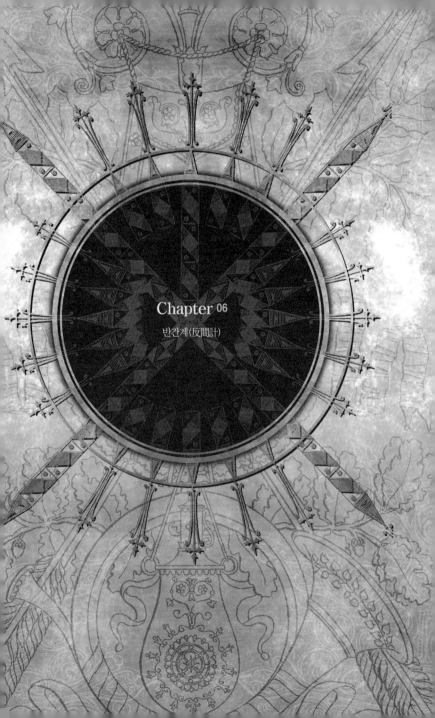

Chapter 06

반간계(反間計)

건들면죽는다

1

콰앙!

"뭐가 어쩌고 어째? 잭슨이 패했다고?"

"그, 그렇습니다, 저하."

이건 마른하늘에 날벼락이나 마찬가지였다.

잭슨의 소문이나 평판이 어떻든 그는 바스티안에게 상당히 중요한 전력 중 하나였다.

그건 그만큼 그의 세력이 강하다는 뜻이었는데 어떻게 그 하찮은 크롤 백작 등에게 당한 것인지 선뜻 이해가 가지 않을 정도였다. 그랬기에 그가 느끼는 분노는 더욱 컸다.

"이것 보시오, 체사레 공!"

"네, 각하!"

"그대가 지난번에 뭐라고 하셨소? 적군은 겨우 이천여 명에 불과하다고 한 것 같은데?"

바스티안은 억지로 화를 억누르며 씹어뱉듯이 물었다. 그만큼 어처구니가 없었던 것이다.

"그들이 이천 명 정도인 것은 분명했습니다. 상식적으로 생각하면 절대 성을 점령할 수 있는 인원이 아니지요. 아무도 배신을 하지 않았다면 말입니다."

"그건 또 무슨 소리요? 배신이라니?"

정치판에서 배신이라는 단어는 수도 없이 듣고 실제로 행하는 경우도 많지만 지금은 이상하게도 그 말이 몹시 낯설게 들리는 바스티안이다. 의외성 때문인 모양이다.

"렌탈 남작군은 소수 정예인 데다가 그쪽에 병법에 밝은 사람이 있는 것 같습니다. 그래서인지 첫 번째 전투에서 크게 패한 모양이더군요. 그런데 그 과정에서 잭슨 백작이 전투를 마치고 들어온 패잔병들에게 너무 심하게 대했다고 합니다. 그게 빌미가 되어서 반역의 무리가 생긴 것이지요. 그 상태에서 렌탈 남작군이 성을 쳤고, 그 무리가 안에서 호응했습니다."

"그야말로 꼼짝 마라였겠군. 아주 드물기는 하지만 소수의 공성 부대가 다수의 수성 부대를 물리치는 가장 흔한 패턴이니… 끄응. 아무튼 잭슨 이 머저리 같은 새끼, 내 손으로 쳐 죽이면 딱 분이 풀릴 것 같네. 이 중요한 시기에 그런 병신 같은 짓을 하다니……."

아무리 화를 내어도 이미 엎질러진 물이다.

이제 와서 병력을 끌고 가 사태를 되돌릴 수도 없었다. 그랬다가는 당장 크리스티안이 뒤통수를 칠 게 뻔하기 때문이다.

"이제 어떻게 할까요?"

"어떻게 하기는 뭘 어떻게 해? 놈들이 잭슨 백작을 처단하기만을 기다려야지. 그를 죽이면 그것을 빌미로 그 영지를 도로 빼앗아올 수 있는 명분이 생길 것 아닌가. 그를 함부로 죽이면 나를 무시하는 꼴이나 마찬가지잖아."

이미 세간에는 잭슨 백작이 바스티안 왕자의 심복임이 알려져 있는 상태이다.

딸을 구하기 위해 그 영지를 칠 수는 있겠지만 그렇다고 그를 죽음으로 몰고 가기는 힘들다는 말이다. 하지만 사건의 내용으로 볼 때 욕정에 눈이 먼 잭슨이 렌탈 백작의 딸을 겁탈했을 가능성이 높았고, 그랬다면 화가 난 렌탈이 앞뒤 가리지 않고 그를 죽일 터였다.

바스티안은 지금 그러기를 바라고 있는 것이다.

왕자의 신하를 죽이려면 최소한 그에게 허락을 받아야 하는 것이 가장 기본적인 절차 아니겠는가.

그것을 무시하는 것은 왕자를 무시하는 것이고, 그건 대역죄에 해당한다고 할 수 있었다.

대역죄를 저지른 자가 나타나면 자신의 군대뿐 아니라 크리스티안 쪽의 군대도 동원할 수 있다. 그렇게 되면 안전하게 다시 잭슨 백작의 세력을 흡수할 수 있을 터였다.

"그, 그런데 그것이 좀 문제가 있습니다."

"문제? 또 무슨 문제가 있다는 게요?"

"놈들이 잭슨 백작을 죽이지 않고 있습니다. 하지만 그렇다고 그가 살아 있는 것도 아닌 희한한 상황이 벌어졌거든요."

백작을 죽이지 않았다면 반역으로까지 몰고 가긴 힘들다. 이런 경우라면 무슨 수를 써서라도 꼬투리를 잡아내야 한다.

"죽이지 않았다면 도로 풀어주기라도 했다는 거요? 아니, 방금 그대의 말에 의하면 살아 있는 것도 아니라고 했지, 참. 그게 무슨 뜻인지 어서 말해보시오."

"잭슨의 처벌을 황당하게도 영지민에게 맡겼다고 합니다. 그에게 당한 영지민들은 그에게 돌을 던졌고 말입니다.

그 바람에 잭슨은 이미 눈이 멀었고, 제대로 움직일 수도 없을 만큼 몸이 망가졌답니다. 한마디로 모든 영지민들에게 버림받은 영주가 된 것이지요. 문제는 그것을 가지고 렌탈 남작을 단죄할 수는 없다는 것입니다. 그가 말하기를, 진짜 사랑 받는 영주이고 영지민들이 그를 용서해 주면 모든 것을 잊고 되돌아가겠다고 공식적으로 먼저 큰소리를 쳤다고 하거든요. 그러니 만일 이 일로 누군가를 족치려 한다면 결국 잭슨 영지민을 죄다 잡아들여야 할 것입니다."

바스티안의 입장에서는 그야말로 어이가 없다 못해 황당하기까지 한 이야기였다.

영지민들을 잡아다가 죽이거나 족치면 민심만 더 떨어지고 정작 잭슨 군대는 활용하기 힘들어질 것이 뻔하다.

병사들도 따지고 보면 영지민이나 마찬가지이니 말이다. 특히 자신에 대한 민심이 하락하면 자칫 크리스티안에게 더 큰 힘을 실어줄 수 있었다.

"이런 빌어먹을!"

콰앙~! 콰지직!

지난번에 부서져서 새로 마련한 고급 테이블이 또다시 박살이 났다.

이러지도 저러지도 못하는 상황으로 인해 머리 꼭대기까지 화가 난 것이다.

"고정하소서, 전하! 이럴 때일수록 더욱 냉정해지셔야 합니다."

"끄응, 그건 공의 말이 맞소. 내가 흥분하고 실망할수록 크리스티안은 의기양양할 테니 말이오."

지금 바스티안의 모든 신경은 동생 크리스티안에게 집중되어 있었다.

그가 잭슨에게 관심을 가진 것도 그 때문이라고 할 수 있었다. 아무튼 두 사람이 이런 대화를 나누고 있을 때 하필 반갑지 않은 손님이 찾아왔다.

"저하, 크리스티안 왕자께서 오셨습니다."

"제기랄! 이 녀석이 하필 이럴 때……."

"일단 만나보시는 것이 좋을 듯싶습니다. 지금 피하시면 더 기고만장해질 테니까요."

"그건 내 생각도 그렇다. 그를 들게 하라."

밖에서 경비병이 크리스티안의 등장을 알리자 바스티안의 얼굴이 더욱 일그러졌다.

그가 왜 찾아왔는지 단번에 짐작한 탓이다.

그것을 보고 체사레가 얼른 참견했다. 이럴 때는 부딪치는 것이 훨씬 낫다는 것을 상기시키기 위해서다.

"악적들을 치러 가신 줄 알았는데 아직 계셨군요. 아주 현명한 판단이십니다."

"무슨 일로 온 게냐?"

크리스티안은 허리를 꼿꼿이 편 채 들어오며 대뜸 의미심장한 말을 툭 던졌다. 그게 바스티안의 신경을 더욱 거스르게 했다.

"아우가 형님을 뵈러 오는 데도 이유가 필요합니까? 아참, 오늘은 한 가지 중요한 충고를 해드릴까 해서 온 거긴 하지만요."

"그것 또 무슨 헛소리냐? 네가 감히 나에게 무슨 충고를 하겠다고?"

아무리 이기려고 해도 바스티안은 말발로 크리스티안을 당해낼 수가 없었다. 그건 어릴 때부터 그랬다.

그래서 그를 만나면 늘 속으로 말려들지 않겠노라고 수차례 다짐하지만 지금처럼 금방 또 호기심을 드러내는 바스티안이다.

"잭슨 백작의 영지도 렌탈과 크롤에게 내어주십시오. 그게 현명합니다."

"뭐라고? 네가 뭔데 나의 심복이 다스리던 영지를 다른 놈에게 주라 마라 하는 것이냐?"

"어차피 이제 그 영지의 주인은 잭슨이 아닙니다. 그리고 무엇보다 그가 먼저 렌탈 남작의 딸을 납치하지 않았습니까? 우리 왕국의 법에 따르면 이런 경우 영지전이 벌어져서 피해자가 승리할 경우 그 영지의 우선 소유권은 그 사람에게 있습니다. 그건 형님도 잘 알지 않습니까?"

"끄응."

잭슨이 렌탈 남작의 딸을 납치하지 않았다면 몰라도 그건 이미 온 왕국 안에 소문이 난 일 아닌가. 그런 이상 변명의 여지는 없었다.

게다가 지금 크리스티안은 이미 전쟁 준비를 끝낸 상태였다. 그런 이상 조금이라도 바스티안의 전력을 약화시킬 수 있다면 무조건 밀어붙이는 것이 유리했다.

"만약 거기에 미련을 버리지 못하시면 조만간 그나마 형님 쪽에 있던 민심마저 떨어져 나갈 것입니다. 그렇게 되면 저에게는 박수 칠 일이겠지만 그건 그리 반갑지 않습니다. 저는 기회주의자인 누구처럼 왕국을 차지하고 싶은 마음은 없거든요. 하하하!"

"건방진 녀석! 너는 내가 기회주의라는 것이냐?"

"저는 그렇게 말한 적 없습니다. 형님이 괜히 찔리신 것 아닙니까?"

"뭣이라고! 이런 건방진 놈이!"

쉬익~ 차창~ 챙그랑~!

그저 간단한 도발만으로도 바스티안은 화가 치밀어 검을 꺼내 들고 말았다.

하지만 그의 검은 순식간에 크리스티안의 검에 부딪쳐 반 토막이 난 채 허공으로 날아가 버리고 말았다. 대신 크리스티안의 검은 어느새 바스티안의 목젖 위에 닿아 있었다. 그나마 유일하게 크리스티안보다 낫다고 여겨오던 검술에서도 밀리는 순간이다.

"아직 내게 자비가 남아 있음을 고마워해야 할 거요, 형님. 그렇지 않았다면 벌써 형님의 목은 주인을 잃고 말았을 테니까."

"으으, 이놈이……."

"아무튼 내 말대로 하는 것이 좋을 거요. 그렇게 알고 이만 가보겠소."

휘~!

크리스티안이 검을 회수하더니 이렇게 엄포를 놓고 나가 버렸다. 그러자 바스티안이 미친놈처럼 고함을 질러댔다.

"이노옴~! 크리스티안! 죽여 버리겠다!!"

복도를 지나가다 그 소리를 들은 크리스티안의 표정이 야릇해졌다.

"정말 간단하군. 그럼 이번에는 크리스티안 차례인가? 공평하려면 그에게서도 잭슨 정도의 인물을 잘라내야겠지? 후후."

그리고 곧 그 얼굴이 조금씩 바뀌어갔다. 그렇게 나타난 사람은 바로 욜라였다.

2

"역시 내 아우답군. 완벽했어."

"치이, 그거야 형이 알려준 신체 변형술 덕분이지. 하지만 정말 재미있기는 했어. 특히 바스티안이 흥분해서 씩씩거릴 때는 웃음이 터질 뻔했다니까. 호호!"

바스티안의 거처에서 벗어난 크리스티안은 욜라로 화해서 인근 나무 위에서 기다리고 있던 숀과 만났다. 오로지 두 사람만이 만날 수 있을 만큼 아찔한 장소이다.

그곳에서 그녀를 보자마자 숀이 칭찬을 하자 욜라는 살짝 웃으며 즐거워했다. 모처럼 왕의 처소에서 벗어나 그를 만났기에 더 그런지도 몰랐다.

"변형술을 익혔다고 해도 변신할 대상의 성향을 정확히 몰랐다면 절대 성공하지 못했을 거야. 그래서 내가 안 하고 너를 시킨 것이기도 하고."

"하긴 나만큼 그 사악한 크리스티안 왕자에 대해 잘 아는 사람도 드물겠지. 그런데 형, 이제 마음을 굳힌 거야? 생각보다 서두르는 것 같은데?"

어느 누구도 숀이 서두르고 있다는 것을 몰랐다.

그러나 그에 대한 이해도가 남다른 욜라만큼은 그것을 눈치챌 수 있었다. 아마도 두 사람만이 가지고 있는 최고 살수의 기질 때문인지도.

"너도 알다시피 여기서 시간을 더 끌게 되면 할바마마에게 진짜 큰일이 생길지도 모르잖아. 그전에 우리가 선수를 쳐야 할 거야."

"하긴. 그나저나 왕의 자리가 그렇게 좋을까? 어떻게 자기 아버지의 목숨을 노릴 수 있는 거냐고."

원래 숀은 좀 더 느긋하게 백부들을 응징할 계획이었다. 그러나 최근 들어 바스티안 왕자나 크리스티안의 욕망이 훨씬 강해졌고, 그것은 곧장 루드리히 2세의 위기로 이어지고 있었다.

이대로 더 시간을 끌면 그를 살리려다가 자신의 정체를 먼저 드러낼 수 있는 가능성까지 있었다. 그럴 바에는 차라리 응징을 서두르는 것이 낫다는 게 숀의 생각이었다.

"인간의 욕심은 끝이 없거든. 권력의 맛을 한 번이라도 보게 되면 그것을 이어가기 위해 미쳐 버리는 것이지. 나는 그런 경우를 너무 많이 봐서 별로 놀랍지도 않아."

"형 나이가 몇 살인데 그렇게 말해요?"

가족끼리 싸울 정도의 권력 다툼을 보는 것이 그리 흔한 일은 아니다. 그랬기에 욜라는 어이가 없다는 눈으로 숀을 바라보며 물었다.

"어떤 일들은 나이와 상관없이도 알 수가 있는 거란다. 참, 그리고 너."

"네?"

숀이 이렇게 대꾸를 해주다가 갑자기 욜라를 빤히 바라보았다. 순간 그녀는 심장이 몹시도 빠르게 뛰기 시작했다. 그의 시선 속에서 뭔가를 느꼈기 때문이다. 지금까지 살면서는 거의 모르고 있던 감정이다.

"언제까지 나를 형이라고 부를 거야? 이제 바꿀 때도 되지 않았어?"

"그렇게 부르는 게 싫어요?"

"싫은 것은 아니지만 나는 네가 계속 동생으로만 있는 것은 원치 않거든."

숀이 여기까지 이야기하자 욜라의 얼굴이 새빨개졌다.

평소 같으면 복면이라도 쓰고 있어서 이런 모습이 겉으로 보이지 않았겠지만 지금 그녀는 불행히도 복면을 쓰고 있지 않았다. 루드리히 2세 앞에서 복면을 쓰고 있을 수 없었기에 요즘은 아예 벗고 다닌 것이다. 하긴 이제 그녀의 은신 능력이라면 굳이 그런 것을 쓸 이유도 없었다. 아무튼 그래서인지 욜라는 더욱 당황하고 있었다.

"그, 그게 무슨 말이에요? 동생이 아니면 뭔데요?"

"나의 세 번째 아내."

쿠웅!

아내라는 그 한마디가 욜라의 뇌를 온통 지배했다.

몇 번을 되뇌어보았지만 여전히 잘 적응이 되지 않는 단어였다. 하지만 신기하게도 거부감이 일거나 싫은 느낌은 아니었다.

그 말을 꺼낸 사람이 숀이기에 그랬겠지만.

"형, 나 놀리는 거죠? 나처럼 근본도 없고 배운 것도 없는 여자가 어떻게 형의 아내가 될… 읍!"

욜라는 더 이상 말을 이을 수가 없었다. 어느새 숀의 입술이 그녀의 입술을 덮었기 때문이다.

그렇게 시간이 멈추어 버렸다. 천하의 그 누구라도 죽일 수 있을 만큼 무서운 욜라였지만 지금 이 순간 그녀는 한 마리의 가련한 작은 새처럼 떨고 있었다.

그렇게 영원처럼 느껴지던 시간이 가만히 흘러갔다.

"너는 누구보다도 현명하고 아름다워. 그거면 충분해. 그러니 다시는 그런 말 하지 마. 알겠지?"

끄덕끄덕.

죽을 때까지 자신은 어쌔신으로 살아갈 것이라고 생각했다.

오죽했으면 숀을 만나기 전까지 단 한 번도 복면을 벗지 않았겠는가. 그런 그녀가 지금 서서히 여자로 돌아오고 있었다.

"자, 그럼 이제 어서 다음 목표 지점으로 가보자. 이번에도 잘할 수 있지?"

아직도 얼굴이 홍당무처럼 빨개져 있는 욜라의 얼굴을 보는 순간, 손은 괜히 흥분되었다. 이럴 때 그녀와 단둘이 시간을 보내고 싶었지만 그는 겨우 이성을 되찾으며 이렇게 말했다.

"네……."

"녀석, 부담스러우면 하지 않아도 돼. 내가 직접 할까?"

"에이, 형은 그에 대해서 아는 것이 별로 없잖아요."

"또 형이라고 부른다. 오늘부터는 오라버니라고 해봐."

형 소리가 꼭 나쁜 것은 아니다. 그러나 키스까지 한 사이인데 자꾸 형이라고 불리니 왠지 나쁜 짓을 한 것 같은 기분이 드는 손이다.

"에이, 그건 차차 고치도록 노력해 볼게요. 저는 아직 형이 편하다고요. 어서 서둘러 가요. 더 늦으면 어르신께서 걱정하세요."

"그래, 알았다. 그런데 너, 어째 나보다 할바마마를 더 챙기는 것 같다?"

부끄러워서 그런지 욜라가 먼저 한마디 툭 던져놓고 번

개 같은 속도로 이동을 시작했다. 그러자 손도 그 뒤를 따르며 약간 들뜬 것 같은 목소리로 그렇게 물었다. 그녀가 루드리히 2세와 제법 친해진 것이 꽤 기분 좋은 모양이다.

"그야 당연하죠. 어르신이 형보다 훨씬 중후하고 멋지신걸요. 호호!"

"이런 젠장. 그 말에는 나도 반박을 하지 못하겠네. 하지만 그 양반은 이런 짓은 하지 못할걸?"

"읍!"

손은 달리고 있는 그녀의 뒤에 귀신처럼 달라붙더니 말을 하다 말고 또다시 그녀의 입술을 빼앗았다. 처음에는 그도 떨렸지만 두 번째는 이처럼 매우 뻔뻔해졌다. 그렇게 결국 두 사람은 목적지에 도착하기도 전 또다시 황홀한 시간을 가졌다.

"형이 이렇게 바람둥이인 줄 알았더라면……."

"아는 체도 안 했을 거라고?"

"아니, 진작 덮칠 걸 그랬어요. 이렇게."

쪼옥.

이 나무에서 저 나무로 옮겨 다니며 두 사람은 서로가 서로의 입술을 탐닉했다.

가만 보니 율라는 이런 경험이 처음인데도 매우 적극적이고 용감했다. 어쩌면 그녀는 타고난 요부인지도 몰랐다.

그래서인지 손은 더욱 불타올랐다.

"형! 그, 그만… 하악!"

그 바람에 그는 그녀의 매우 민감한 곳까지 건드리고 말았다. 만일 그가 평범한 사람이었다면 더 참지 못하고 사고부터 쳤을 터이다.

"정, 정말 참기 힘드네. 하지만 나의 사랑스러운 여인을 길거리에서 첫 경험을 하게 할 수는 없지. 후웁!"

"역시 형은 내가 좋아할 수밖에 없는 사내예요. 사, 사랑해요."

와락!

"나도 사랑해, 율라야."

키스를 하는 것보다 사랑한다는 말을 하기가 훨씬 더 어려운 율라였다.

그러나 그녀는 모든 용기를 짜내서 사랑을 고백했다. 그렇지 않으면 지금 심장이 터질지도 모른다는 생각이 들었다.

그것을 감지해서인지 손은 조금 전과는 또 다른 의미의 포옹을 했다.

그에게 율라는 세 번째 여자였고, 또 앞의 두 여자와 비교하면 미모 면에서는 조금 떨어졌지만 이상하게도 그녀들 못지않은 신선함과 사랑스러움을 지니고 있었다.

"이러다가 진짜 어르신께 혼나겠어요. 어서 가요."

"그래, 몹시 아쉽지만 지금은 일이 우선이지. 자, 그럼 속력을 올릴 것이니 나를 꽉 잡아라."

"잡, 잡으라고요? 그냥 제가 달려도 그리 느리지는 않을… 꺅!"

말을 하던 욜라의 입에서 작은 비명이 터져 나왔다. 갑자기 손이 허공으로 날아가는 바람에 놀란 것이다.

게다가 그 속도는 자신이 감히 흉내 낼 수 있는 수준이 아니었다.

'이, 이럴 수가! 대체 이분의 능력의 끝은 어디라는 말인가. 나의 온몸에 마나를 씌운 채로 이렇게까지 빨리 달릴 수 있다니… 하아!'

그녀는 이런 생각을 하며 가만히 자신의 얼굴을 손의 품 안으로 묻어갔다.

달리는 속도에 비해 그의 품속은 너무나 따뜻하고 포근했다. 하지만 순수한 감정의 그녀와는 달리 손은 그 나름대로 웃고 있었다.

'히히, 역시 내 예상대로야. 놀라서 내 손이 어디 가 있는지도 인식하지 못하잖아? 그런데 정말 미치겠네. 무슨 여자 엉덩이가 이렇게 폭신하고 부드러울꼬. 아흐흐.'

그 짧은 순간에 그의 오른손은 욜라의 엉덩이를 받치는

척하며 쉴 새 없이 움직이고 있었던 것이다. 참으로 행복하기 그지없는 하루였다.

물론 크리스티안의 저택이 보이면서 그 행복도 아쉽게 끝이 나기는 했지만 말이다.

Chapter 07

무르익는 시기

건들면 죽는다

1

숀은 욜라를 활용해 바스티안과 크리스티안의 사이를 더욱 벌어지게 했다.

이제 두 사람은 불붙기 직전의 화약고와 같은 상태가 되어버린 것이다. 불만 당기면 그대로 폭발할 수밖에 없는 아주 위험한 상태 말이다.

"정신 바짝 차려라! 너희들은 이제 정의를 위해 싸우는 병사로 재탄생하게 될 것이다! 더 열심히 뛰어!"

"네!"

탁탁탁탁!

지금 잭슨 백작 성의 연병장에서는 수많은 병사가 모여서 훈련에 집중하고 있었다.

그들은 땀을 흘리며 쉬지 않고 뛰고 있었지만 누구 하나 불만스러워 보이지는 않았다.

성의 주인이 바뀌면서 병사들에 대한 대우가 놀라울 만큼 달라졌기 때문이다. 특히 하루 훈련이 끝나는 저녁이면 그야말로 진수성찬이 그들을 기다리고 있었다. 이렇게 잘 먹이고 훈련을 시키는데 누가 불만을 갖겠는가.

병사들은 오히려 자발적으로 강도 높은 훈련에 참여할 정도로 달라지고 있었다. 놀라운 점은 그들 대부분이 불과 일주일 전까지만 해도 잭슨 백작의 병사들이었다는 점이다.

"주군께서 오십니다!"

"충성! 어서 오십시오!"

지금 그들의 훈련을 책임지는 자는 이제 연합군의 총기사대장을 역임하고 있는 벨룸이었다.

처음 슌을 만날 때에 비하면 그의 위상도 확실히 달라져 있었다. 어느덧 늠름한 장군의 모습을 하고 있는 것이다. 하긴 검술 실력만 해도 이제 곧 소드 익스퍼트 상급 수준에 올라설 정도이니 말해 무엇하랴.

아무튼 그가 훈련에 열중하고 있을 때 좌우에 렌탈 남작과 크롤 백작을 거느린 손이 등장했다.

"고생이 많군. 그래, 훈련의 효과는 좀 어떤 것 같은가?"

"원래의 예상보다 훨씬 나은 것 같습니다. 시키지 않아도 적극적으로 훈련에 임하고 있거든요. 이런 식이라면 조만간 우리의 정예부대와 합쳐도 큰 무리가 없을 것입니다."

손의 질문에 벨룸이 자신만만한 목소리로 대답했다. 그건 그가 그만큼 열심히 새로운 병사들을 훈련시켜 왔다는 것을 뜻했다.

"그거 듣던 중 반가운 소리로군. 좋아, 하지만 더 열심히 하게. 우리에게는 이제 남은 시간이 얼마 없거든."

"명심하겠습니다! 죽기 살기로 훈련시키겠습니다!"

"아무리 그렇다고 해도 벨룸 대장이 죽으면 안 되지. 그대의 목숨은 이제 그대 혼자만의 것이 아니야. 그 점을 절대 잊으면 안 돼. 알겠나?"

"알겠습니다, 주군!"

손은 농담이라도 자신의 수하들이 죽는다는 말을 하는 것을 싫어했다. 그건 그만큼 그가 그들을 아낀다는 뜻이다. 벨룸도 주군의 그런 마음을 느낄 수 있었기에 괜히 코끝이 찡해졌다.

"좋아, 이제 조만간 다른 병력들까지 이쪽으로 집결하게 될 것이니 무엇보다 전체가 하나가 될 수 있는 쪽에 훈련의 초점을 맞추도록 해야 할 거야. 그것을 잊지 말도록."

"그들이 도착하기 전까지 그럴 수 있도록 충분히 숙달시키겠습니다!"

전쟁을 통해 새로이 편성된 숀의 군대는 이제 그 수도 장난이 아니었다.

영지를 차지할 때마다 흡수하다 보니 이제 거의 이만에 육박하는 병사를 보유하게 된 것이다.

물론 그 가운데 최강의 정예병은 그리 많지 않았다. 하지만 나머지도 각 영지의 정예였기에 왕자들이 거느리고 있는 병사들과 비교했을 때 그리 처지는 편은 아니었다.

아무튼 벨룸의 말을 뒤로한 채 숀과 렌탈, 그리고 크롤 백작은 다시 이동했다. 이번에는 무적 기사단의 훈련장으로 가는 것이다.

"1조, 그리고 2조는 우측, 그리고 3조, 4조는 좌측으로 서서 전투 준비를 하라!"

"네!"

우르르르~!

그들이 도착할 즈음 마침 기사들은 편을 갈라 모의 전투를 시작하려고 했다.

전부 목검을 들고 있기는 했지만 그들의 기세는 실로 엄청났다. 아직 마나를 주입한 것도 아닌데 이 정도인 것을 보면 그동안 실전을 통해 그만큼 더 실력이 향상된 것이 분명했다.

"1조, 2조, 준비 완료되었습니다!"

"3조, 4조도 준비 완료되었습니다!"

각 조의 인원은 64명이다. 그런 조 두 개가 다시 새로운 한 조를 이루었으니 그 인원은 모두 128명이다.

이들의 단장인 파비앙은 그렇게 모여 있는 기사들에게 명령을 내리다가 숀을 발견했다. 그러나 그가 손을 흔들며 인사를 하지 못하게 하는 바람에 그녀는 그저 살짝 목례만 했다.

"좋아, 그럼 이제부터 1, 2조와 3, 4조의 집단 전투를 시작하겠다. 준비! 파이트(Fight)!"

"스퀘어(Square)진을 펼쳐라!"

"저들이 진을 완성하기 전에 공격하라!"

파이트라는 명령이 떨어지자마자 1, 2조는 스퀘어라는 진을 펼치려고 했다.

이 진은 숀이 중원에 있을 때 사방진(四方陣)을 응용해서 만든 것으로 비슷한 능력의 집단과 싸울 때 매우 쓸모가 있었다.

그러나 3, 4조 역시 그 진을 알고 있었기에 그들은 진이 펼쳐지기 전에 공격을 개시했다.

그렇게 진을 펼치려는 자들과 그것을 막으려는 자들 간에 치열한 공방전이 이어졌다. 차라리 서로 정면으로 부딪치면 어떤 식으로든 승부가 나겠지만 지금 상황은 어쩐지 기이해 보였다.

한쪽은 계속 도망치며 진을 고집했고, 다른 한쪽은 그런 그들을 잡기 위해 온갖 공격을 퍼붓다가 지칠 판이었기 때문이다.

"허허, 왜들 저렇게 무모하게 싸우는지 모르겠군요."

"뭐가 말입니까?"

그 모습을 지켜보던 렌탈 남작이 고개를 갸웃거리며 의문을 제기했다. 그러자 크롤도 동감이라는 듯 어깨를 으쓱했다. 하지만 숀은 영문을 모르겠다는 투로 질문을 던졌다.

"1, 2조는 이런 경우 진을 포기하고 차라리 돌아서서 싸워야 하는 것 아닐까요? 저런 식으로 아무리 뛰어봤자 어차피 진을 펼칠 수는 없을 테니까요."

"크롤 백작도 같은 생각입니까?"

"네, 저 역시 지금 이상하게 여기던 참입니다."

역시 두 사람은 지금 기사단들의 싸움을 보고 의아해하고 있었다. 아니, 어쩌면 그게 정상인지도 모른다. 그들 말대로 기사들 간의 싸움은 누가 봐도 어이가 없었으니 말이다. 그런데.

"두 분 생각은 안타깝게도 틀렸습니다. 지금 저 훈련의 가장 큰 핵심은 바로 진의 완벽한 숙달이거든요. 아직 저들은 저 진의 진정한 위력을 잘 모르고 있습니다. 겉으로 볼 때는 너무 평범해 보이기 때문이지요. 그러나 어느 정도 진형을 갖추게 되면 그때부터 실로 엄청난 힘을 발휘하게 됩니다. 아, 이제 곧 갖추어지겠군요."

"저렇게 도망만 다니는데 어떻게 진을… 헉! 저, 저게 무슨 일이지?"

숀의 설명을 듣다가 다시 훈련장을 보던 렌탈의 눈이 갑자기 커졌다. 그것은 크롤도 마찬가지였다. 그들의 눈에 놀라운 모습이 들어왔기 때문이다.

도망만 치던 1, 2조 인원들이 기이한 모양으로 진을 이루더니 그 안으로 밀고 들어온 3, 4조 단원들을 순식간에 포위해 버린 것이다. 이건 상식으로는 도저히 설명이 불가능한 현상이었다.

바로 직전까지만 해도 1, 2조는 진의 형태는커녕 도망치기에도 바빴기 때문이다. 그런데 그 짧은 시간에 어떻게 진을 완성했다는 말인가.

두 사람이 놀라는 것도 당연했다.

"그만! 1, 2조 승!"

"으으, 이건 말도 안 돼! 우리도 익히고 있던 스퀘어 진이 분명하건만 어째서 당한 거지?"

"그러게 말이야. 이제 다 잡았다고 생각하는 순간 오히려 우리가 붙잡히다니… 젠장!"

파비앙의 오른손이 올라가며 1, 2조의 승리를 알렸다. 그러자 3, 4조가 허무하다는 듯 병장기를 집어 던지며 투덜거렸다. 하긴 자신들도 익히고 있는 진에 당했으니 그럴 만도 했다.

"조용히 해라! 원래는 내가 설명해 주려고 했지만 마침 지금 이곳에 주군께서 오셨으니 그분께 직접 스퀘어 진에 숨어 있는 오묘함을 들려달라고 하자! 어때?"

"대환영입니다!"

파비앙의 한마디에 기사들이 환호성을 내질렀다.

그들에게는 손의 한마디 조언이야말로 그 무엇과도 바꿀 수 없을 만큼 귀한 것이라 할 수 있기 때문이다. 그리고 결국 그들의 성화에 못 이겨 손이 앞으로 나섰다.

"하하! 그렇지 않아도 나는 너희들이 직접 진을 체험해 보고 난 후 이런 의문을 느끼기를 기다렸다. 물론 너희 단주님은 그 이유를 알고 있다. 하지만 상황이 이렇게 되었으니 내가 직접 설명해 주지."

"감사합니다!"

이렇게 운을 뗀 숀의 이야기는 놀라웠다.

그의 설명에 의하면 이 스퀘어라는 진은 그저 단순한 사방진만을 응용한 진이 아니었다.

그 안에는 주역의 팔괘에서 비롯된 64가지의 오묘한 변화가 숨어 있었던 것이다. 그랬기에 도망을 치면서도 서로 꼬리를 물며 순식간에 진을 완성하는 신기를 보여줄 수 있었다.

그리고 그렇게 일단 진이 완성되면 그 어떠한 적도 그 안에서 빠져나갈 수 없었다. 설혹 그자가 소드 마스터라고 해도 그건 마찬가지다.

진을 이루고 있는 자들도 마나를 사용할 수 있는 기사들이기 때문이다. 이런 내용을 듣게 되자 무적 기사단원들의 눈빛이 더욱 반짝이기 시작했다. 그들은 이렇게 가면 갈수록 무적이라는 기사단의 이름이 부끄럽지 않은 진정한 강자로 거듭나고 있었다.

2

병력의 정비는 숀의 진영에서만 하고 있는 것이 아니었다.

일왕자 바스티안과 이왕자 크리스티안도 은밀히 병력들

을 집결해 놓고 강도 높은 훈련을 시키고 있었던 것이다.

"그동안 내내 참아주었더니 뭐가 어쩌고 어째? 좋게 말할 때 왕위 쟁탈전에서 물러나라고? 후후, 누가 참고 있던 것인지 조만간에 똑똑히 알려주겠어. 그때가 되면 형이랍시고 살려달라고 빌겠지?"

"저하, 로렌스 백작이 저하를 뵙고자 합니다."

"어서 들라고 해라."

"네!"

크리스티안이 자신의 집무실 안에서 이를 갈고 있을 때 로렌스 백작이라는 자가 찾아왔다. 나이가 사십 대 초반쯤 되어 보이는 건장한 체구의 기사이다.

"충성! 신 로렌스가 영명하신 저하께 인사 올립니다!"

"거 귀 아프니까 소리 좀 지르지 말게. 그래, 무슨 일인가?"

나이에 걸맞지 않게 로렌스의 목소리는 참으로 우렁차고 밝았다. 하지만 크리스티안은 갈수록 마의 기운이 커져서 그런지 그런 그의 목소리가 마음에 들지 않은 모양이다.

"실은 병사들의 식사 문제를 말씀드리기 위해 왔습니다, 저하."

"병사들의 식사 문제라고? 자네는 지금 나더러 그런 하찮은 일까지 신경 쓰라는 말인가?"

말을 꺼낸 로렌스는 어처구니가 없었다. 지방의 소영주든 혹은 대영주, 심지어 왕까지도 병사가 없으면 존속할 수가 없다. 그런데도 불구하고 그들을 이렇게까지 무시하다니……

"죄송합니다. 하지만 이 문제는 제가 처리할 수 있는 일이 아닙니다. 헤아려 주십시오."

"무슨 일인지 말해봐라."

아무리 왕자라지만 상대는 명색이 자신이 세워놓은 사령관이 아닌가. 계속 무시할 수는 없는 노릇이었다.

"요즘 훈련의 강도가 너무 강해서 그런지 병사들의 체력이 급격히 떨어지고 있습니다. 이대로 방치하게 될 경우 전쟁에 나서게 되면 사기에도 큰 영향이 미칠 가능성이 높을 정도입니다."

"그게 무슨 개소리야? 겨우 그 정도 훈련에서 체력이 떨어지는 놈이라면 어차피 쓸모없다! 그런 놈은 죄다 골라내라! 강제 노역이나 보내 버릴 테니!"

현재 크리스티안의 진영에 모여든 병사는 모두 오만 명이다. 그러나 그를 따르고 있는 귀족들의 병사들까지 합치면 무려 이십만에 육박한다.

그런 상황이다 보니 그에게 병사들의 존재는 조금도 아낄 필요가 없는 소모품일 뿐이었다.

로렌스 백작의 건의에 이런 식으로 대답하는 것만 봐도 그의 사고방식을 충분히 엿볼 수 있었다.

"하지만 저하, 그 수가 그리 적지 않습니다. 만일 그런 식으로 병사들을 쳐내신다면 바스티안 왕자님의 진영보다 전력이 떨어질 수도 있습니다."

"으음, 그건 곤란하지. 좋아, 그렇다면 그놈들에게 필요한 것이 무엇이냐?"

로렌스 백작이 크리스티안을 보좌해 온 세월도 벌써 이십 년이다. 그래서인지 백작도 그의 아킬레스건이 바스티안 왕자임을 잘 알고 있었다. 그랬기에 그것을 슬쩍 이용했고, 예상대로 왕자는 그의 수작에 간단히 넘어갔다.

"배불리 먹을 수 있는 식량입니다."

"그건 돈이 들어가는 일이 아닌가?"

"그, 그건 그렇습니다만……."

크리스티안은 기본적으로 욕심이 많은 사람이다. 그에게는 이미 재물이 산더미같이 모여 있었지만 그럼에도 병사들을 위해 쓰는 돈은 아까워했다.

그의 재산이 얼마나 많은지 잘 알고 있는 로렌스로서는 실로 짜증스러운 태도였다. 그렇다고 내색할 수는 없었지만 말이다.

"그래, 얼마나 들어가겠나?"

"전쟁이 시작되기 전까지 약 한 달 정도 남았다고 가정한다면 대략 2만 골드쯤 들어갈 것으로 판단됩니다."

"뭣이라? 2만 골드? 자네는 지금 나더러 그 큰돈을 무지렁이 병사들을 위해서 쓰라는 것인가?"

1골드면 4인 가족이 한 달을 살 수 있는 금액이다. 그렇게 생각했을 때 2만 골드가 엄청나게 큰돈인 것은 맞다.

하지만 오만의 병력을 한 달 동안 배불리 먹여야 한다고 생각하면 그리 대단한 액수라고 할 수는 없었다. 게다가 크리스티안에게 그 정도는 푼돈에 불과했다.

"그것도 기존의 식비가 예정되어 있기에 산출된 액수입니다. 하지만 지금의 식단만으로는 아까 말씀드린 대로 병사들의 체력을 보충하기가 힘듭니다. 부디 너그러우신 저하의 은총을 내려주소서!"

"5천 골드를 주지. 그러면 하루 한 끼 정도는 잘 먹일 수 있을 게야."

"하, 하지만 그 정도로는……."

"필요 없다고?"

"아, 아닙니다. 감사합니다, 저하!"

원래의 금액에 4분의 1에 불과했지만 그거라도 받으려면 꼬리를 내리는 수밖에 없었다.

이럴 때 말을 더 하면 그마저도 받지 못할 것이고, 그렇게 되면 병사들의 불만이 더욱 커질 수 있었다. 전쟁에서 승리하려면 최소한 그렇게 되는 것은 막아야 했다.

"그리고 사령관 자네."

"네, 저하!"

"병사들의 입장 따위나 신경 쓰지 말고 더욱 훈련에 박차를 가해야 할 거야. 이제 곧 전쟁이 개시될 테니까."

"명심하겠습니다!"

크리스티안의 집무실에서 로렌스가 쩔쩔매고 있을 때 신기하게도 바스티안의 진영에서도 비슷한 일이 벌어지고 있었다.

"뭣이라고? 병사들 보급품을 더 지원해 주어야 한다고? 그게 갑자기 무슨 소리냐?"

"요즘 강도 높은 훈련을 하다 보니 군화나 군복 등이 모두 해진 상태입니다. 뿐만 아니라 병장기도 수리 보수를 해야 할 것 같습니다."

지금 바스티안에게 이런 보고를 하고 있는 사람은 바스티안 부대의 군수 담당 저스틴 자작이다.

사실 크리스티안 왕자보다 바스티안 왕자가 더욱 구두쇠였다. 그래도 이왕자 크리스티안은 병사들의 보급품만큼은 쓸 만한 것을 지급해 왔다.

그러나 바스티안은 그것도 아까워 늘 선임자가 쓰던 것

을 후임자에게 물려주거나 쓰던 보급품을 계속 수선하고 고쳐서 사용하도록 해온 것이다.

이런 것들도 평상시에는 큰 문제가 되지 않았지만 막상 전쟁을 준비하다 보니 그게 아니었다.

보급품이나 무기 등이 부실하면 같은 능력을 가진 병사와 싸울 때 질 확률이 그만큼 높아질 것이 뻔했다. 그러니 지휘관들이 저스틴 자작에게 찾아와 하소연할 수밖에 없었다.

"전쟁을 시작한 것도 아닌데 뭐가 그렇게 복잡해! 단지 훈련만 하는데 보급품이 좀 부실하면 어때서? 버틸 수 있는 데까지 버티다가 전쟁 직전에 구하면 될 것 아닌가? 그래야 전쟁 동안에도 말썽이 적지."

"하지만 훈련이 불가능할 정도로 상태가 좋지 않다고 합니다, 저하."

"빌어먹을! 아무튼 그다지 쓸모도 없는 것들일수록 돈은 더 들어간다니까. 그래서 얼마나 필요한데?"

바스티안의 말에 저스틴 자작은 속으로 그를 욕했다.

'내가 할 소리네. 빌어먹을. 제가 지금 그 자리를 지키고 있을 수 있는 게 병사들 덕분인데 뭐가 어쩌고 어째? 쓸모도 없는 것들? 에라이!'

하지만 겉으로는 설설 기면서 다시 입을 열었다. 어쨌든 목숨은 하나뿐이지 않은가.

"최소 장비 기준으로 일인당 50실버씩 들어갈 것 같습니다. 그렇게 계산을 해보면 총 2만 5천 골드가 소요된다고 볼 수 있지요."

"뭐라고? 이, 이만 오천? 겨우 병사들 옷가지와 군수물자 조금 챙겨주는 데 그렇게나 많이 들어간다는 말인가?"

크리스티안 쪽은 2만 골드로 출발했는데 여기는 그보다 더 많은 2만 5천이다. 물론 구두쇠로 소문난 그가 선뜻 허락할 리 없었다.

"최소치로 계산한 것입니다, 저하. 그리고 곧 전쟁이 시작될 것까지 염두에 둔 것이기도 하고요."

"나도 그 정도는 생각하고 있다. 하지만 아무리 그래도 2만 5천은 많아. 5천 골드로 해결하게."

"네? 그, 그건……."

한쪽은 병사들 식비로 고민이고 또 다른 한쪽은 병사들의 군수물자로 고민이었다. 게다가 어느 왕자가 더 낫다고 할 수 없을 만큼 하는 짓도 비슷했다. 심지어 책정하는 액수마저 똑같았다. 서로 이런 사실을 알 수는 없었지만 우연치고는 실로 신기할 만큼 비슷한 상황이었다.

"수선할 수 있는 것은 최대한 수선하고 없으면 전쟁 수행조차 불가능한 것만 갖추어 주란 말이다. 어차피 일반 병사들은 전쟁에서 창칼 밥이밖에 안 된다는 것을 아직도 모르겠나? 그렇게 정히 해주고 싶으면 자네의 재산을 털어서 해주면 되겠군그래."

"알겠습니다! 5천 골드로 해결해 보겠습니다, 저하!"

자신의 재산을 털라는 그 한마디에 저스틴 자작은 얼른 대꾸했다. 이렇게 해서 결국 양쪽 왕자들의 진영에는 각자 약점이 생기고 말았다. 한쪽은 식사 문제로 인한 체력 저하가 우려되었고, 또 다른 한쪽은 보급품의 부실로 전력 약화의 문제를 안게 되었다. 그러나 아직 그 사실을 알고 있는 사람은 아무도 없었다. 또한 그것이 앞으로 어떤 결과를 가져올지도 말이다.

단지 한 가지 명확한 사실은 양측의 예상대로 전쟁은 이제 목전까지 다가와 있다는 점이다.

Chapter 08

필요에 의한 결심?

건들면 죽는다

1

　이미 모두가 잠든 새벽. 두 개의 검은 그림자가 번개를 무색케 하는 속도로 허공을 가르고 있었다.

　그중 한 사람은 도시를 이루고 있는 주택들의 지붕과 담벼락 등을 밟으며 달리고 있었지만 또 다른 사람은 놀랍게도 아예 허공을 비행하고 있었다.

　그는 바로 손이었다. 그리고 아래쪽을 달리고 있는 사람은 올라였다.

　원래는 이런 경우 손이 그녀를 안고 달려야 하겠지만 지금은 그럴 수가 없었다. 그가 욜라에게 직접 경공 한 가지를 가르친 후 지금 그것을 숙달시키며 이동하는 상황인 탓이다.

"어때? 확실히 낫지?"

"훅훅!"

숀은 날아가면서도 여유 있게 말을 걸고 있었지만 욜라는 틈만 나면 가쁜 숨을 몰아쉬느라 대답할 틈이 없었다.

물론 숀은 그런 상황을 너무나 잘 알고 있었다. 그랬기에 어차피 대답을 기대하고 묻는 것은 아니었다. 단지 그녀의 마음을 조금이라도 편안하게 해주기 위해 그러는 것일 뿐.

탁탁탁~! 휘익~ 탁!

그 덕분인지 달리면 달릴수록 욜라의 움직임은 빨라지고 있었다. 그런 데다 보고 있다 보면 이게 실제인지 아니면 그림자인지 착각하게 만드는 현상이 일어나기 시작했다.

"바로 거기서 마나를 최대한으로 끌어올려! 그다음은 다시 풀고!"

"훅훅!"

어느새 땀이 비 오듯 쏟아지고 호흡은 더욱 가빠지고 있었지만 욜라의 얼굴에는 작은 환희의 표정이 피어오르고 있었다.

뭔가 성취가 있는 것이 분명했다.

"됐다. 이제 연습은 여기까지 하고 나머지는 틈틈이 익히는 것으로 하자. 이제 서둘러서 가야 할 테니까."

"훅훅! 아무리 급해도 저는 우선 좀 씻었으면 좋겠어요. 땀을 너무 많이 흘려서 이대로 가면 냄새가 날 거라고요."

두 사람이 어디를 가려는 것인지는 아직 밝혀지지 않았지만 욜라가 이런 것까지 신경 쓰고 있는 것으로 보아 꽤나 중요한 장소인 것 같았다.

그렇지 않고서야 평소 냄새 같은 것에 전혀 관심이 없는 그녀가 겨우 땀 냄새 때문에 이리 민감할 리가 없었다.

"듣고 보니 그것도 그러네. 좋았어. 그렇다면 우선 가까운 호텔로 가자."

"호, 호텔이요? 하긴 그게 제일 낫긴 하겠네요."

호텔 소리에 욜라의 볼이 새빨개졌다. 정말 요즘의 그녀를 보면 진짜 최고의 어쌔신이 맞는지 의심스러울 정도이다.

그렇게 차고 무뚝뚝하던 그녀의 모습은 우주 저 멀리 사라지고 앳되고 순진한 소녀의 모습이 더 많이 보였기 때문이다. 어쨌든 그렇게 두 사람은 인근에 있는 호텔로 향했다.

쏴아아아!

'아흐, 이거 가만 보니 고문이나 마찬가지잖아? 괜히 호

텔로 오자고 한 것 같네. 어우, 미치겄다.'

그녀가 샤워실로 들어간 순간부터 순의 후회가 시작되었다. 온갖 상상과 욕망이 그를 괴롭혔기 때문이다.

그가 만일 유혹에 약한 심성을 가진 사람이었다면 샤워실 안으로 뛰어들어 갔을지도 모른다.

"어머, 형. 왜 그렇게 등을 돌린 채 웅크리고 있어요? 어디 아파요?"

"아, 아프기는… 그냥 좀 더워서 그래. 다 한 거… 으헉!"

대답을 하면서 욜라가 있는 쪽으로 고개를 돌리던 순의 입에서 비명과 비슷한 소리가 터져 나왔다.

그녀가 수건 한 장만 두른 채 나타났기 때문이다. 비록 중요한 부위는 모두 가리고 있었지만 겨우 수건 한 장만으로 온몸을 다 가릴 수는 없었다. 그러기에는 그녀의 몸이 생각보다 너무 풍만했다.

가만 보니 평소 그녀는 가슴을 꽁꽁 둘러 싸매고 다닌 모양이다. 그러다가 씻기 위해 그것까지 풀러놓은 바람에 순은 그녀의 진짜 가슴이 얼마나 위대한지 느낄 수 있었다.

욜라는 오른손으로 가슴 쪽을 누르고 있는데도 그것은 튀어나오기 위해 몸부림을 치고 있으니 말이다.

"어머, 형, 진짜 어디 아픈가 봐요. 가만히 있어보세요. 열이 있나 보게."

"끄응… 끙… 끙…….”

욜라가 다가와 자신의 이마에 손을 얹자 솬의 입에서 앓는 소리가 저절로 흘러나왔다.

그녀가 한쪽 손을 자신의 이마에 대는 순간, 운이 좋게도 수건 한쪽이 살짝 내려왔기 때문이다.

그 사이로 불쑥 솟아오르는 살덩이는 분명 그녀의 가슴 일부가 분명했다. 뽀얗고 부드러우며 터질 것 같은 그런 가슴 말이다.

두근두근.

"아무래도 안 되겠어요. 당장 그분을 만나러 가는 것도 중요하지만 그전에 형은 좀 쉴 필요가 있을 것 같아요. 그러니 우선 누우세요.”

"그, 그게…….”

욜라가 말을 하며 그를 살며시 밀어내자 아쉬워서인지 아니면 다른 말을 하려고 하는 건지 손이 더듬거리며 망설이는 태도를 보였다. 그게 욜라의 성질을 건드린 모양이다.

"아이 참, 이럴 때는 제발 말 좀 들으라고요. 어서 누워요!”

탁!

덥석!

"엄마야!”

휘익~ 출렁~!

그녀는 신경질적인 말투로 손을 나무라면서 침대 쪽으로 쓰러지게끔 그의 상체를 확 밀쳤다. 그러자 중심을 잃은 손이 자신도 모르게 욜라를 안은 채 넘어지고 말았다.

그로 인해 두 사람은 침대 위에 그대로 포개진 채 엎어졌다. 사실은 손이 일부러 그런 것이지만 그녀는 죽어도 눈치챌 수 없을 만큼 자연스러운 몸놀림이다.

"미, 미안해요, 형. 나 좀 일어날⋯⋯."

"그냥 이대로 가만히 있어봐."

꾸욱, 뭉클.

아래 깔린 손과 위에 엎어진 욜라와의 사이에는 그저 얇은 한 장의 수건만이 있을 뿐이다.

물론 손은 옷을 입고 있었지만 초인적인 감각을 가지고 있는 그로서는 이 정도만 가지고도 그녀의 볼륨감을 충분히 느낄 수 있었다.

그런 손이 자신을 더욱 바짝 끌어안자 욜라는 숨이 멎을 것 같은 기분에 사로잡혔다. 이런 상황은 상상도 해본 적이 없는 터라 그녀의 심장은 빠르게 뛰다 못해 터져 나갈 것만 같았다.

"혀, 형⋯⋯."

"쉿, 잠시만⋯ 잠시만 이러고 있자. 기분이 너무 좋아서 그래."

따뜻한 서로의 체온이 오가서 그런지 손의 이 한마디에 벌떡 일어서려던 욜라의 온몸에서 모든 힘이 빠져나가고 말았다.

'휴우, 진짜 미치겠네. 이대로 이 여자를 그냥 가져 버릴까? 아니야. 그렇게 하면 욜라는 내가 자신을 너무 쉽게 생각한다고 오해할지도 몰라. 그래, 조금만 더 참자. 이런 식으로 안기에는 너무 사랑스러운 아이야. 훗, 나중에 두고두고 사랑해 주면 되잖아?'

자신도 모르게 그녀를 진심으로 좋아하게 된 손인지라 결국 결론을 내릴 수 있었다. 그러자 신기하게도 그의 이성이 다시 되돌아왔다.

"욜라야."

"네?"

손이 부르자 욜라의 눈이 놀란 토끼처럼 동그래졌다.

그 모습이 너무 깜찍해서 물어주고 싶어진 그다.

덥석!

"웁웁!"

그런 감정은 결국 키스로 이어졌다.

그런 기습 키스에 놀란 욜라는 자신도 모르게 손을 밀어내려 했지만, 그의 혀가 안으로 쑥 들어서는 순간 다시 온

몸의 힘이 풀려 버리고 말았다. 아니, 이제는 자신도 모르게 양손이 그의 목덜미를 감아버렸다.

그를 사랑하게 된 마음에 의한 본능적인 행동이다. 그렇게 두 사람은 잠시 동안 황홀함을 맛보았다.

"저, 저기… 형."

"응?"

"아래쪽에서 뭔가가 자꾸 찔러요. 형이 그러는 것 같은데, 이게 대체 뭐죠?"

혈기 왕성한 숀의 아랫도리가 불끈 치솟는 바람에 욜라가 아팠는지 이렇게 물었다.

그녀는 정말 아무것도 모르는 것 같은 얼굴을 하고 있었다. 사실은 이상할 정도로 빨개져 있긴 하지만 다행히 숀은 그것을 보지 못했다.

"그, 그건 주머니 속에 있는 단검 집일걸? 아, 이제 일어나야겠다. 그 양반이 애타게 기다리겠어."

"그, 그래요. 그런데 저기… 형."

"응?"

"잠시만 눈 좀 감고 계세요. 저 일어나서 옷 좀 입게요."

"그, 그러지, 뭐."

질끈.

숀이 자신이 눈을 감았다는 것을 과할 정도로 확인시켜

주자 욜라가 가만히 일어났다. 그러자 곧 수건이 흘러내리고 하얀 그녀의 나신이 드러났다.

그건 정말 장인이 심혈을 기울인 완벽한 조각상이었다. 들어갈 곳은 들어가고 나올 곳은 나온 그녀의 몸은 단 한 치도 균형에서 어긋남이 없어 보였다.

'으으, 저 여자가 과연 인간이 맞긴 맞는 것일까? 어쩌면 저렇게 뒷모습마저 완벽한 몸을 가지고 있지? 나는 정말 엄청난 행운아로구나. 아흐, 어서 전쟁부터 빨리 끝내야지 이렇게 참기만 하다가는 내가 먼저 죽겠네. 제길.'

너무나도 황당하고도 엉뚱하게 숀의 결심이 섰다.

그는 사랑스러운 여자 셋을 안기 위해서라도 빨리 전쟁을 끝내야만 했다.

다른 사람이 이런 결심을 했다면 그냥 웃고 말겠지만 그는 바로 숀이 아닌가. 때문에 이날은 훗날 역사에 남을 만큼 아주 중요한 사건으로 남게 될 터였다.

2

황홀한 시간을 보내고 다시 길을 나선 숀과 욜라는 곧장 왕국으로 날아갔다.

이번에는 숀이 그녀를 안고 이동했다. 그 덕분에 밤이 지나가기 전에 둘은 루드리히 2세의 침소에 숨어들 수 있었다.

"이제 때가 무르익고 있습니다. 그 때문에 아마 할바마마께서는 더욱 위험해질 것입니다."

"나는 이미 살 만큼 산 사람이다. 죽음 따위가 겁날 리 없다는 말이지. 다만 지금은 죽기 전에 네가 좋은 짝을 만나서 혼인하는 모습을 보고 싶다는 욕심이 생기는구나."

왕을 만나자마자 숀은 일부러 경고가 담긴 이야기부터 꺼냈다.

루드리히 2세에게 경각심을 좀 더 일깨워주기 위해서였다. 그러나 그것은 부질없는 짓이었다. 이미 왕은 죽음조차도 초월해 있었다.

"제가 혼인을 하고 애를 낳고 또 그 아이가 커서 결혼할 때까지 사셔야 해요. 제가 반드시 그때까지 사실 수 있도록 해드릴 겁니다."

"허허, 말만 들어도 괜히 행복해지는구나. 하지만 이 할아비는 그렇게 큰 욕심이 없단다. 그냥 이번 시련을 잘 극복하고 네가 결혼하는 것을 볼 수 있으면 죽어도 여한이 없을 게야."

숀은 루드리히 2세를 더 확실하게 설득하려다가 생각을 바꾸었다.

그의 건강을 돌봐드리다 보면 자연히 오래 살게 될 것이고, 그럼 저절로 알게 될 것이라는 생각이 든 탓이다. 그리고 지금은 그런 이야기보다 훨씬 중요한 용건이 있었다.

"이번 시련을 잘 극복하기 위해서는 할바마마의 절대적인 도움이 필요합니다. 저를… 도와주시겠습니까?"

"녀석, 당연한 것을 묻는구나. 네가 죽는 시늉을 하라고 해도 할 수도 있으니 걱정 말고 내가 무엇을 해야 하는지 말해보렴."

그는 스스로 살 만큼 살았다고 생각하고 있었다.

그가 지금까지 버텨온 이유는 오로지 버려진 아들 루카스를 만나 용서를 빌기 위해서이지 오래 살면서 부귀영화를 더 누리기 위함이 아니었다. 그의 말을 들으면서 숀도 그 점을 충분히 느낄 수 있었다.

"제가 할바마마에게 원하는 것이 바로 그것입니다."

"응? 그것이라 함은… 설마…….."

"네, 황공하지만 할바마마의 죽는 시늉이 필요합니다."

숀의 대답에 루드리히 2세는 물론 욜라의 눈도 한껏 커졌다.

워낙 예상치 못한 내용이었기 때문이다.

"허허, 내가 정말 죽는 시늉을 해야 한다는 게냐?"

"그렇습니다. 그렇지 않으면 진짜로 돌아가실 수도 있거

든요."

이 말에 루드리히 2세의 얼굴이 잔뜩 찌푸려졌다. 뭔가를 깨달은 탓이다.

"으음, 결국… 결국 내 아들 중 누군가가 나를 죽이려고 한다는 것이구나."

"정말 괴로운 이야기지만 그렇습니다. 할바마마께 위로가 될지는 모르겠습니다만 이러한 일은 당사자가 꼭 원한 결말은 아닙니다. 그도 어느 순간에는 후회를 했을지도 모릅니다. 그러나 그때는 이미 늦었겠지요."

숀은 이미 크리스티안이나 바스티안의 배후에 누군가 있다는 것을 감지하고 있는 것 같았다. 그렇지 않고서야 이런 식으로 이야기할 리가 없었다.

"그 녀석들이 무엇을 원하든 내가 없어져야 이룰 수 있다는 것은 기정사실 아니더냐. 그런 아들들을 두었다는 것이 그저 슬플 뿐이다. 휴우~ 참, 그런데 내가 죽는 시늉을 하게 되면 네가 녀석들을 응징할 수 있는 게냐?"

"지금 두 왕자의 진영에서는 전쟁 준비에 박차를 가하고 있습니다. 그동안 할바마마께서 워낙 연기를 잘해주셔서 이제 곧 돌아가실 거라고 믿고 있기 때문에 가능한 행동이지요. 아니, 그런 징후가 없었다고 해도 어차피 터질 전쟁이었습니다. 둘 다 참을 만큼 참았다고 생각하거든요."

안타깝기는 해도 손은 현재의 상황을 비교적 자세하게 설명하기 시작했다. 그래야 루드리히 2세도 더욱 적극적으로 참여할 테니까 말이다.

　"네 말을 듣고 보니 나는 어차피 아들들에 의해서 죽을 목숨이었구나. 내가 살아 있는 이상은 그 누구도 왕좌를 노릴 수 없을 테니. 이 자리가 무에 그리 좋은 자리라고… 쯧."

　"맞습니다. 그리고 그들을 응징하려면 결국 서로 물어뜯게 해야 합니다. 그렇게 되면 어느 쪽이 이기든 결국 승리한 쪽도 커다란 손실을 입을 것이 분명할 것이고, 그건 곧 우리에게는 큰 기회가 될 테니까요."

　"그렇겠지. 하지만 그런 일이 벌어지면 짐은 여러 가지로 마음이 아플 것 같구나. 아무 죄도 없는 병사들이 수없이 죽어갈 테니까 말이야. 그들도 모두 나의 백성이거늘……."

　루드리히 2세의 입장에서는 누가 승리를 해도 개운치 않은 전쟁이 될 터였다. 피해자 한 사람 한 사람이 다 그의 왕국민이기 때문이다.

　"저 역시 그 생각을 하지 않은 것은 아닙니다. 하지만 누군가의 희생 없이 전쟁을 마무리 지을 수는 없습니다. 바스티안 왕자나 크리스티안 왕자의 진영에 있는 병사들마저 다스릴 수 있는 누군가가 있지 않고서는 말입니다."

"가만! 양쪽 병사들을 모두 다스린다? 오, 잘하면 그들의 희생을 조금이나마 줄일 수 있는 방법이 있을지도 모르겠구나. 물론 네가 동의를 해야 가능한 방법이기는 하겠지만 말이야."

숀의 말을 듣고 있던 루드리히 2세의 표정이 갑자기 밝아지며 흥분한 목소리로 이런 말을 던졌다. 뭔가 묘수가 생각난 모양이다.

"왕국민을 한 사람이라도 더 구할 수 있다면 저는 무조건 그 방법을 사용할 것입니다. 그런데 정말 그런 방법이 있습니까?"

"둘 다 이리 가까이 다가와 봐라."

"네."

숀의 질문에 루드리히 2세가 사방을 두리번거리다가 갑자기 숀과 욜라를 가까이 불렀다.

그러고는 아주 작고 낮은 음성으로 무엇인가를 이야기했다. 그 누구도 들을 수 없게 말이다.

"네에? 그, 그게 정말이십니까?"

"허허, 내가 이렇게 중요한 시기에 설마 너에게 농담이라도 하겠느냐? 이건 틀림없는 사실이다."

무슨 이야기가 오갔는지는 몰라도 어느 순간 숀이 고개를 홱 쳐들면서 약간은 떨리는 목소리로 그렇게 물었다. 그러자 루드리히 2세가 고개를 힘차게 끄덕였다. 매우 확신에 찬 모습이다.

"그렇다면 문제는 훨씬 쉬워질 것입니다. 어느 정도의 희생은 어쩔 수 없겠지만 그것 덕분에 상당히 많은 목숨을 구할 수 있겠군요."

"정말 그렇게 할 수 있겠느냐?"

"물론입니다! 저를 믿어주십시오. 제가 반드시 할바마마의 걱정을 덜어드리겠습니다."

무엇으로 병사들의 희생을 막을 수 있는지는 알 수 없었지만 평소 허튼소리를 하지 않는 손임을 감안해 보면 뭔가 묘수가 생긴 것은 틀림없어 보였다.

"고맙구나. 자, 그럼 이제부터 내가 무엇을 해야 하는지 자세히 말해보아라. 나도 마음의 준비를 해야 할 것 같으니 말이야."

"우선 이것을 받으십시오."

"뭔지는 모르겠다만 꽤나 비싸 보이는 병이로구나."

루드리히 2세의 말에 손이 대뜸 품속에서 작은 약병을 꺼내더니 그것을 내밀었다. 앙증맞으면서도 고급스러운 느낌이 물씬 나는 약병이다.

"정확히 삼 일 후 새벽 한 시에 그것의 뚜껑을 열고 그 안에 있는 것을 드십시오."

"새벽 한 시에 이 안에 있는 것을 먹으라고? 이게 뭔지 물어봐도 되겠느냐?"

손은 그 어떤 설명도 없이 다짜고짜 먹으라고만 했다.

그래서인지 루드리히 2세는 물어보지 않을 수 없었다.

"죽는 시늉을 할 수 있게 도와주는 약입니다. 그것을 드시게 되면 갑자기 졸음이 쏟아지게 될 것입니다. 그럼 그냥 푸욱 주무세요."

"그냥 자라고?"

이 중요한 시기에 그냥 잠이나 자라니 왕의 입장에서는 어이가 없는 이야기였다.

"네. 그러면 적들은 할바마마께서 돌아가신 줄 알고 세상에 그 죽음을 알릴 것입니다. 이후 성대하게 장례도 치를 것이고요."

"하지만 장례 후에는 땅에 묻히게 될 것 아니겠느냐? 내죽음이 두려워서 이런 질문을 하는 것은 아니다. 단지⋯⋯."

"압니다, 할바마마. 하지만 아무 걱정 하지 마세요. 그 약을 마시게 되면 땅속 깊이 묻혀도 금방 다시 살려낼 수 있으니까요. 조금 전에도 말씀드렸지만 할바마마께서는 그저 푹 주무신다고 생각하면 됩니다. 그러다가 극적인 순간에 등장하는 것이지요."

루드리히 2세가 말을 하고 있을 때 손이 그의 말을 슬쩍 잘라내며 이야기했다.

이로 보아 벌써 뭔가 획기적인 계획을 세운 것이 분명했다. 그러나 그 계획에 대해 전혀 모르고 있는 왕의 입장에서는 불안할 수밖에 없었다.

"너는 정말 나를 되살릴 자신이 있는 게냐?"

"하하하! 손바닥을 뒤집는 것만큼 자신 있습니다. 그러니 저를 믿고 그대로 따라주십시오."

"알겠다."

"자, 그럼 할바마마께서 다시 살아나신 후에 무엇을 하셔야 하는지를 말씀드리겠습니다. 아주 중요한 내용이니 꼭 숙지하고 계셔야 합니다."

손이 이런 당부와 함께 길고 긴 이야기를 다시 시작했다.

둘이 대화를 나누는 동안 욜라는 모든 신경을 곤두세운 채 주변을 경계하고 있었으며, 루드리히 2세는 간간이 질문을 던지곤 하다가 답을 듣는 순간 감탄사를 연발했다.

그렇게 밤이 가고 아침이 왔다.

Chapter 09

루드리히 2세의 죽음?

건들면 죽는다

1

그날, 크리스티안은 왕궁 의원과 함께 빠른 발걸음으로 왕의 처소를 향해 걷고 있었다. 그러다가 막상 처소 근처에 도착하는 순간, 발걸음을 멈추더니 갑자기 의원을 노려보며 입을 열었다.

"오늘 확실하게 해야 한다. 그렇지 않으면 너는 말할 것도 없고 네놈의 가족들까지 모조리 살아남지 못할 게야."

"명심하겠습니다!"

그의 협박성 발언에 왕궁 의원이 몸을 한차례 부르르 떨었다.

그의 입장에서는 목숨이 왔다 갔다 하는 판이니 그럴 수밖에 없었다.

"어서 오십시오, 전하!"

"아바마마께 내가 왔다고 전하라."

"네!"

잠시 후 문이 열리고 크리스티안과 왕궁 의원이 안으로 들어섰다. 그러자 어둠 속에서 눈동자 하나가 반짝거렸다.

'역시 형의 말이 정확하구나. 오늘 결국 두 형제가 이곳에서 만났네. 이제 곧 재미있는 일이 벌어지겠어.'

그 눈의 주인은 바로 욜라였다.

그녀가 이런 생각을 하며 시선을 옮기자 놀랍게도 그곳에 바스티안의 모습도 보였다. 미리 와 있던 모양이다.

"이런, 형님도 와 계셨군요. 아바마마께서 아프다고 해도 잘 오지도 않던 양반이 오늘은 어쩐 일이십니까?"

"내가 누구처럼 사악한 줄 아느냐?"

"뭐라고? 사악? 말이면 단 줄 아나. 거 말조심합시다!"

바스티안은 진작부터 크리스티안이 루드리히 2세를 서서히 죽여가고 있다는 것을 알고 있었다.

그에게도 유능한 정보 수집가들이 있으니 당연했다. 그랬기에 동생을 보고 대뜸 사악하다는 말을 할 수 있었던 것이다. 하지만 그럼에도 말리지 않은 것을 보면 그 또한 아버지가 빨리 죽기를 바라고 있다는 것을 짐작할 수 있었다.

크리스티안도 그 점을 알고 있기에 더욱 발끈한 것이고 말이다.

"됐다. 지금 아바마마께서 막 잠드셨으니 일단 조용히 하자."

"빌어먹을, 혼자 효자인 척은 다 하네. 나도 오늘 아바마마의 상태가 좋지 않다는 말을 듣고 온 것이니 일단 왕궁 의원을 통해 상태부터 확인시켜 봐야겠습니다. 어서 살펴보게."

"네, 저하."

바스티안이 시비를 걸든가 말든가 크리스티안은 일단 왕궁 의원에게 지시를 내렸다. 그러자 그가 루드리히 2세가 누워 있는 침상으로 다가가 진맥을 시작했다.

"듣자 하니 병력을 집결시켜 놓았다고?"

"사돈 남말 하시네요. 그건 마찬가지잖습니까? 형님은 무려 오만의 병사를 모아 놓고 대체 뭘 하시려는 건데요? 그렇게 세(勢)를 과시하고 싶으셨습니까?"

"뭐라고? 이놈이 뚫린 입이라고 또 함부로 말하는군. 그러는 너는 오만의 병사를 왜 모아놨는데? 아바마마께서 돌아가시면 혼자 궁성을 꿀꺽하려고 그러는 것인지 내가 모를 줄 아느냐?"

순식간에 말다툼이 일어났다. 이런 행동은 그야말로 역적 짓이나 마찬가지였다. 감히 왕의 처소에서 언성을 높이다니 절대 용서 받을 수 없는 짓이지만 안타깝게도 그것을 단죄할 수 있는 사람은 아무도 없었다.

'정말 꼴불견이로구나. 누워 계신 어르신만 불쌍해지네. 아들이라는 것들이 저렇게 못됐으니… 휴우!'

그나마 욜라만이 그들의 잘못을 보고 이를 갈고 있었다. 그렇다고 뛰쳐나가 단죄를 할 수 있는 것도 아닌지라 그녀는 발만 동동거릴 수밖에 없었다. 소드 마스터인 크리스티안 때문에 그나마도 거의 티가 나지 않았다.

"어차피 제가 물려받을 곳입니다. 그러니 형님께서 고이 물러나시죠? 나중에 후회하지 말고 말입니다."

"뭐가 어쩌고 어째!"

상황이 점점 더 심각해지고 있었다. 하긴 개와 고양이가 한 방에 있는 꼴이니 어찌 보면 당연한 일이겠지만 두 왕자를 제외한 사람들의 입장에서는 매우 불편하고 불안할 수밖에 없었다.

왕의 침소 안에는 이미 왕궁 의원이나 왕자들의 호위 기사 등이 있었던 것이다. 이대로 가면 칼부림까지 날지도 몰랐고, 그렇게 되면 기사들도 가만히 있지 못할 터.

이건 그야말로 화약고 앞에서 불장난하는 꼴이었다. 그런데 바로 그때.

"말도스 공작이 왔습니다!"

경비 기사의 외침과 함께 곧 문이 열리며 말도스 공작이 들어섰다.

그는 공작의 신분인지라 왕자들의 허락을 받을 필요 없이 왕의 처소에 들어올 수 있었던 것이다.

"말도스가 두 분 왕자님을 뵈옵니다."

"그대가 이곳까지 어쩐 일이시오?"

그가 나타나자 크리스티안의 얼굴이 살짝 일그러졌다.

공식적으로 알려진 바에 의하면 공작은 바스티안의 사람이 아니던가. 말다툼하던 상대에게 편이 생긴 셈이니 기분 좋을 리가 없었다. 그래서인지 이렇게 묻고 있는 크리스티안의 억양이 꽤나 못마땅한 투다.

"폐하께서 위독하시다는 소식을 듣고 부랴부랴 달려왔습니다. 그런데 두 분이 먼저 와 계신 것을 보니 조금 안심이 되는군요."

"아직 진맥 중이기는 합니다만 아무래도 이번을 넘기기는 힘들 것 같소이다. 연세도 많으신 데다 워낙 오랫동안 병석에 계신 탓에 몸이 많이 쇠약해지셨거든요."

말도스의 말에 크리스티안이 다시 대꾸했다.

그는 될 수 있으면 많은 사람에게 루드리히 2세가 위급하다는 것을 인식시키는 것이 낫다고 판단한 것 같았다.

"허어, 이거 참 큰일입니다. 그동안 병약하시기는 해도 좀 더 오래 사실 것 같았는데……."

"모든 것이 다 신의 뜻이겠지요. 그런데 공작께서는 언제 병력을 움직이실 생각입니까?"

말도스가 안타깝다는 표정을 지으며 말하자 크리스티안이 갑자기 뜬금없는 질문을 던졌다. 공작의 허를 찌른 셈이다.

"그게 무슨 말씀이십니까? 제가 왜 병력을 움직여야 하지요? 아시다시피 저의 군대는 모두 왕성을 지키기 위해 배치되어 있습니다만……."

"그게 과연 왕성만 지키기 위해서일까요?"

아무리 두 왕자의 세력이 크다고는 하나 말도스 공작을 마냥 무시할 수는 없었다. 특히 크리스티안의 입장은 더 그랬다.

이번 각 왕자의 병력 동원에서 말도스의 부대는 빠져 있었다. 정상적이라면 바스티안 진영으로 가야 하는데도 말이다.

크리스티안의 입장에서 보면 오히려 반가운 일이라고 할 텐데 오히려 그는 그것을 더 불안해하는 것 같았다. 아닌

척하고 있다가 갑자기 뒤통수를 칠 수고 있고 아니면 자신이 승리하고 왕성으로 들어서려고 할 때 그가 막아설 수도 있다고 생각했기 때문이다.

어느 쪽이 되었건 모두 기분 나쁜 상황이었다.

"그건 또 무슨 헛소리냐? 너는 설마 공작님의 군대가 원래부터 왕성의 방위군으로 활동해 왔음을 모르는 게냐? 어째서 쓸데없는 말로 아무 죄도 없는 분을 모함하려는 것이냐?"

"홋, 형님이야말로 나를 아직도 어린애 취급하시는군요. 왕성에는 엄연히 방위군이 존재합니다. 물론 부수적으로 공작님의 군대도 그들과 함께 움직이기는 하죠. 하지만 그들은 언제든지 공작님의 명령이 떨어지면 개인 사병 부대로 돌변할 수 있다는 것도 알고 있습니다. 아바마마께서 공작님께 그런 특권을 부여해 주셨잖습니까? 그런데도 순수하게만 보라고요? 정말 지나가는 개가 웃겠소!"

크리스티안이 아무리 함부로 지껄여도 바스티안은 함부로 검을 꺼낼 수가 없었다. 그랬다가는 어느새 소드 마스터가 되어버린 동생에게 당할 수가 있기 때문이다.

먼저 검을 휘두르다가 죽으면 어디 가서 하소연도 하지 못한다. 크리스티안은 당연히 정당방위로 인정받아 혼자 왕위 계승자가 될 것이고 말이다.

절대로 그런 시나리오가 만들어져서는 안 되기에 바스티안은 참고 또 참았다.

"건방진 놈, 내 반드시 네 녀석의 입에서 잘못했다는 말이 나오도록 만들어주겠다. 으드득!"

"어디 능력 있으면 해보시던가. 그러다가 오히려 나에게 된통 혼나고 울지나 마시지요. 하하하!"

"뭣이라고! 이놈이!"

차르륵~!

"어허! 한번 해보시겠다? 그거 좋지. 어디 덤벼보시지요."

챙!

크리스티안의 도발에 걸려든 바스티안이 결국 분을 이기지 못하고 검을 꺼내 들었다. 그러자 크리스티안도 더욱 약을 올리면서 자신의 검을 꺼냈다. 그야말로 일촉즉발의 상황이 되었다.

그런데 바로 그 위기의 상황에서 바스티안을 구해준 사람은 너무도 엉뚱하게 왕실 의원이었다.

"저하, 진맥이 끝났습니다."

"그래, 폐하는 어떠시냐?"

그의 그 한마디에 크리스티안과 바스티안이 검을 집어넣으며 호기심을 나타냈다.

"아무래도 오늘 밤을 넘기시기는 힘들 것 같습니다. 크흐흑!"

"그, 그게 정말이냐?"

"맙소사!"

왕실 의원이 울음을 터뜨리며 보고하자 두 왕자의 얼굴 표정이 복잡해졌다.

안도와 기쁨이 기본으로 깔려 있기는 했지만 그 속에는 숨길 수 없는 슬픔도 들어 있었다.

그러나 욜라는 똑똑히 보았다. 방금 전 두 사람이 다투고 있을 때 왕실 의원이 왕의 입안에 몰래 뭔가를 집어넣는 것을 말이다.

그리고 그가 오늘을 넘기지 못한다고 확정적으로 말할 수 있는 이유는 분명 거기에 있을 터였다.

2

밤이 깊어지자 마침내 두 왕자도 루드리히 2세의 처소를 떠났다. 잠시 쉬었다가 다시 오기 위해서이다. 하지만 여전히 왕의 침소는 네 명이나 되는 기사가 지키고 있었다.

사삭, 불쑥.

그런데 그때 천장 한편이 살짝 들썩이더니 갑자기 욜라

의 얼굴이 불쑥 튀어나왔다. 당연히 기사들은 볼 수 없는 쪽이다.

'제법 강한 자들을 배치시켜 놓았네. 형을 만나기 전이었다면 함부로 나설 수도 없었겠어.'

그녀는 잠시 주변을 살펴보고 이런 생각을 하다가 다시 안으로 사라져 버렸다. 그리고 잠시 후 네 명 가운데 가장 안쪽에 있던 기사의 머리 위에서 가는 실 하나가 아래로 내려왔다. 그 실을 조종하는 사람은 당연히 욜라였다.

스스슥.

워낙 은밀한 데다 소리마저 거의 나지 않아 그 기사는 실이 내려오고 있다는 것을 눈치채지 못하고 있었다.

'과연 형이 가르쳐 준 대로 이 가느다란 실이 제대로 된 능력을 발휘할 수 있을지 나도 궁금하군. 정신을 집중하고 마나를 실로 주입하라고 했지? 어디… 웃차!'

어느 순간, 그녀가 속으로 기합을 넣자 얌전히 내려오던 실의 절반가량이 갑자기 발딱 일어섰다. 그 녀석은 마치 생명체라도 되는 양 주변을 두리번거리다가 기사의 목덜미를 노려보는 것 같았다.

'왓! 성공이다. 그렇다면 이번에는 두 번째 단계다. 가랏!'

쉬이이익~ 콕!

"……."

스르르, 풀석!

그녀가 다시 속으로 기합을 지르자 멈춰 있던 실이 번개처럼 날아가 기사의 목덜미를 빠르게 찔렀다. 그러자 놀랍게도 그 기사는 신음 소리 한번없이 그 자리에 힘없이 주저앉더니 이내 아예 누워버렸다.

그런데 마침 그 모습을 동료 기사가 보고 말았다. 그는 동료가 눕자마자 재빨리 다가오더니 눈은 다른 기사들을 향한 채 그의 옆구리를 툭툭 찼다. 그리고는 작은 목소리로 속삭였다.

"야, 인마, 아무리 피곤해도 그렇지 대놓고 자면 어떻게 해? 어서 일어… 흠냐……."

풀썩!

하지만 그가 말을 다 하기도 전에 아까의 그 사악한 실이 날아들었고, 그마저 단숨에 눕혔다.

"이봐, 바스티안 왕자님의 기사들 뭔가 이상하지 않아? 지금 둘 다 안 보이는 것 같은데?"

"하아암! 뭐가 이상해. 자네가 지금 피곤하다 보니 착각하는 거겠지. 정 이상하면 한번 가보던가."

워낙 소리가 없는 상황인 데다가 실내는 초 몇 개만 켜 있는 상태라 어두운 편이었다. 거기에 반해 그들이 있는 곳은 왕의 처소인 만큼 공간은 넓었고 말이다.

게다가 가만 보니 기사들은 둘씩 짝을 이루고 있었지만 서로 다른 진영 소속인 것 같았다. 그랬기에 지금 욜라가 저지르고 있는 무서운 짓을 아직도 전혀 눈치채지 못하고 있는 것이다.

"어이, 그쪽에 무슨 일이라도 있는 거요?"

"……."

그나마 처음 이상한 낌새를 느낀 기사가 바스티안 왕자의 기사들이 있는 쪽을 향해 작지만 또렷한 목소리로 물었다. 그러나 아무런 대답도 없었다.

"우리 저쪽으로 한번 가보자. 확실히 뭔가 이상해."

"거참, 이 사람, 크리스티안 왕자님의 직속기사가 되었는데도 그 소심함은 여전하네. 그렇게 궁금하면 자네나 가봐. 나는 지금 너무 피곤하다고. 아함~!"

동료 기사에게 거절당하자 결국 그는 홀로 바스티안 왕자의 기사들이 있는 쪽으로 조심스럽게 다가갔다. 그리고.

"허억! 이, 이… 제, 제길……."

스르르.

쓰러져 있는 기사들을 발견하고 헛바람을 집어삼키는 순간, 그마저도 쓰러지고 말았다.

이제 남은 기사는 단 한 사람. 욜라는 그것을 알아서인지 천장에서 태연하게 내려섰다.

사뿐사뿐.

그러고는 그 마지막 기사를 향해 마치 고양이처럼 가볍게 다가갔다.

꾸욱.

그러고는 조느라 자리에 주저앉아서 고개를 벽에 처박고 있는 그의 어깨를 가만히 눌러주었다.

"호호, 이건 너무 쉽잖아? 정말 형이 가르쳐 준 수법들은 하나같이 무서우면서도 신기하다니까. 자, 그럼 이제부터 마무리 작업에 들어가 보실까?"

왕자들을 곁에서 지키는 직속 기사 네 명이 소리 소문 없이 모조리 쓰러졌다.

그들은 아마 정신을 차려도 자신이 왜 쓰러졌는지 알 수 없을 터였다. 그만큼 어처구니없을 정도로 너무 순식간에 당했기 때문이다.

그래 놓고 욜라는 이곳이 자신의 안방이라도 되는 양 한마디 툭 내뱉더니 루드리히 2세의 곁으로 다가갔다.

"이 약을 먹이라고 했지. 그래야 어르신께서 중독에서 벗어날 수 있다고. 어디……."

그러고는 품속에서 작은 약병을 꺼냈다. 몇 시간 전 크리스티안의 협박에 못 이겨 왕실 의원이 왕에게 먹인 독을 해독시켜 줄 약이다. 숀이 이런 사태를 예상하고 미리 준비해 준 것이다.

"커헉! 콜록콜록!"

"이제 정신이 드십니까, 어르신?"

왕을 앞에 두고 어르신이라고 부를 수 있는 사람은 그녀가 유일할 것이다. 물론 그건 루드리히 2세도 그리 나무라지 않아 계속되고 있는 두 사람간의 고유 호칭이다. 폐하라고 부르는 것보다 훨씬 정감과 애정이 넘치는 호칭이기도 했다.

"내가 죽는 꿈을 꾸었구나. 대체 얼마나 정신을 잃고 있었던 거지? 왕실 의원이 나에게 뭔가를 먹이는 것까지는 기억이 난다만 그 이후로는 아무것도 생각이 나지 않는구나."

"이제 겨우 네 시간이 지났을 뿐입니다. 그놈이 감히 폐하께 독약을 먹이는 바람에 정신을 잃으신 것이지요."

"허허, 결국 두 아들놈이 모두 나를 죽이는 데 동참했다는 말이로군. 내가 잘못 키운 죄겠지만."

욜라의 말을 듣던 루드리히 2세의 눈에 회한의 빛이 일렁였다. 어느 정도 알고는 있었지만 실제로 아들들이 자신을 죽이기 위해 독약까지 쓴 것을 보고 커다란 충격을 받은 모양이다.

"그리 생각하지 마세요, 어르신. 잘 키워도 나쁜 짓을 하는 인간들이 셀 수 없을 만큼 많거든요. 그리고 폐하께는 그들 천 명보다 나은 아드님과 만 명보다 나은 손자가 있잖아요. 그러니 기운 내세요."

"그래, 맞아. 아직 루카스가 살아 있지. 참, 게다가 자랑스러운 손자도 있고 말이야. 허허, 고맙네. 내 옆에서 나를 지켜주어서 말이야."

욜라의 위로 덕분에 다시 루드리히 2세의 눈에 생기가 돌기 시작했다. 루카스와 손을 떠올리자마자 살고 싶다는 욕구가 일어난 것이다.

"저도 어르신께 감사드려요."

"자네가 나에게 감사할 일이 무엇이 있다고?"

그런데 이번에는 욜라가 왕에게 정중히 감사의 인사를 했다. 루드리히 2세의 입장에서는 영문을 알 수 없는 일이다.

"전에 저에게 손님을 더, 덮치라고 하셨잖아요."

"호오? 그래서 진짜로 덮친 게야?"

"아니요! 그럴 리가요!"

"허허, 허허허! 하지만 두 사람 사이에 뭔가 좋은 일은 있었구나?"

루드리히 2세가 죽었다 살아난 상황이라 분위기가 무거웠는데 욜라의 그 한마디가 왕의 기분을 상쾌하게 만들어

주었다. 그녀는 정말 사랑스럽고 귀여웠다. 그러면서도 현명했고 또 용감했다. 그녀의 그런 모든 점이 루드리히 2세의 마음을 완전히 사로잡고 있었다.

"그, 그게… 네."

"허허허! 잘했다! 나는 솔직히 자네가 반드시 내 손자며느리가 되었으면 했거든. 하긴 손도 사내인데 어찌 자네처럼 예쁘고 귀여운 여인을 놓치겠는가. 아주 잘했어. 암."

욜라의 또 하나의 장점은 솔직함이었다. 그녀는 부끄러웠지만 루드리히 2세에게 거짓말을 하지 않았다. 그러면서도 왕의 웃음소리가 밖으로 새어 나갈까 봐 주변에 미리 마법 소리 차단 장치까지 설치해 놓는 치밀함을 보여주었다.

"저기… 어르신, 이제 시간이 다 된 것 같아요. 더 이상 지체하면 자칫 기회를 놓칠지도 모르거든요."

"나도 대충 그렇게 생각하고 있었다. 어디 보자. 이거였지?"

불쑥.

어느 정도 분위기가 무르익어서인지 욜라가 조심스럽게 본론을 꺼냈다.

그러자 루드리히 2세도 흔쾌히 대꾸하며 품속에 숨겨놓은 약병을 꺼내 들었다. 바로 손이 준 죽는 시늉을 하게 해주는 약이다.

"두려우신가요?"

"그렇지 않다고 하면 거짓말이겠지? 자칫하면 이대로 못 깨어날지도 모르니 말이야."

"어르신께 위로가 될지는 모르겠지만 제가 목숨을 걸고 장담할게요. 손자 분은 이 세상에 가장 믿을 수 있는 단 한 사람의 능력자입니다. 그가 실수할 일은 없어요. 그러니 부디 평안히 쉬고 계세요."

욜라의 이 한마디에 루드리히 2세는 크게 감동했다.

그뿐만 아니라 진짜 용기가 마구 끓어올랐다. 동시에 손에 대한 신뢰도 더욱 깊어졌다.

"허허, 고맙다, 아가야. 우리 다시 만나자꾸나."

벌컥벌컥!

그렇게 루드리히 2세는 조용히 눈을 감았다. 그러자 욜라는 그를 가만히 눕혀 놓고 그가 마신 약병을 갈무리하고는 귀신처럼 사라졌다.

그리고 잠시 후, 궁 안이 발칵 뒤집어졌다.

땡땡땡땡!

"왕께서 승하하셨다!"

"폐하께서 붕어하셨다!"

Chapter 10

유언

건들면 죽는다

1

　루드리히 2세가 죽고 나자 칼론 왕국은 그야말로 초긴장 상태로 달려가고 있었다. 장례까지는 성대하고 좋았다. 하지만 문제는 그 이후에 발생했다.

　장례식이 끝나자마자 기가 막히게도 두 왕자는 왕성의 코앞까지 어마어마한 수의 군대를 끌고 나타난 것이다. 그러고는 언제든지 전쟁을 치를 수 있도록 강력한 진을 구축하기 시작했다. 그런 모습을 지켜보며 왕국민들은 그저 그들의 눈치를 보기에 급급했다.

그러나 두 왕자는 이런 상태로 서로가 서로를 견제하며 먼저 왕성으로 진입하기 위해 잔머리를 굴렸다. 어쨌든 왕성만 차지하면 훨씬 유리한 입장이 될 것 아니겠는가.

그런데 바로 이때, 누구나 바스티안 왕자의 사람이라고 여기고 있던 말도스 공작의 태도가 돌변했다.

그는 왕성의 방위군을 총동원해 왕자들의 세력을 성안으로 들어오지 못하도록 막았다. 그러고는 다음과 같은 성명을 발표했다.

"왕위 계승자가 확정되기 전까지는 그 누구도 왕성 안으로 군사를 이끌고 들어올 수 없다. 그건 왕자들이라고 해도 마찬가지다. 붕어하신 루드리히 2세께서는 이렇게 유언을 남기셨습니다. 고로 본 공작은 모든 힘을 동원해서 그분의 유언대로 행함은 물론 차기 국왕의 선출에 공정을 기할 것을 하늘에 대고 맹세합니다!"

그의 이런 입장 표명에 두 왕자는 기가 막혔지만 그렇다고 당장 어떻게 할 수도 없었다. 누구든 먼저 왕성을 치려하다가는 다른 왕자에게 뒤통수를 맞을 것이 뻔했기 때문이다. 그건 곧 자멸을 뜻했다.

그랬기에 그들은 각기 몇 사람의 호위 기사만 대동한 채 왕성 안으로 들어가 말도스 공작을 찾아갔다. 차기 왕에 대한 부분을 매듭짓기 위해서다.

"대체 무슨 수작인 게요?"

"뭐가 말입니까?"

"어째서 왕성을 차지하고 우리를 견제하는 것이냐는 말이오!"

두 왕자는 말도스 공작을 만나자마자 대뜸 화부터 냈다.

이런 식의 전개는 단 한 번도 예상해 보지 못했기에 더욱 당황스럽고 기분이 나빴던 것이다.

"저는 두 분을 견제할 생각이 전혀 없습니다. 단지 선왕 폐하의 유지를 받들려는 것뿐입니다."

"개소리하고 있군. 언제부터 그렇게 충신이었다고 이제 와서……."

말도스 공작이 차분한 어조로 그렇게 말하자 바스티안이 대뜸 투덜거렸다. 그것도 공작을 대놓고 비하하는 발언을 한 것이다. 말도스의 표정이 바로 차가워질 만했다.

"바스티안 왕자님, 아무리 저하라고 해도 말은 좀 조심해 주시죠. 아직 저는 사적으로 두 분의 집안 어른입니다. 공적으로는 차기 왕을 선출하는 데 공정한 심판을 맡고 있는 사람이기도 하지요. 즉 지금 칼자루는 제가 쥐고 있다는 뜻입니다. 그러니 사과하십시오."

"내가 틀린 말을 한 것은 아니잖소! 얼마 전까지만 해도 공작께서는 나에게 협조하던 사람이오! 그런데 어떻게 잠간 사이에 그렇게 돌변할 수 있느냐는 말이오!"

"형님, 적당히 하십시오. 어차피 이렇게 되었는데 따지면 뭘 합니까? 그리고 지금은 그게 중요한 것이 아니잖습니까? 그냥 사과드리고 어서 진도나 나갑시다."

칼론 왕국의 최고 지위에 있는 사람들이 모여 있는 자리다.

왕이 죽은 지 겨우 사흘 정도밖에 지나지 않았건만 이들은 모두 신경을 날카롭게 곤두세운 채 서로를 못 잡아먹어서 안달하는 것 같았다.

"젠장. 미안하오."

"그리 듣기 좋은 사과는 아니군요. 하지만 그냥 넘어가겠습니다. 저도 싸우기 위해 이 자리에 앉은 것은 아니니까요. 선왕께서도 그것을 바라지는 않으실 겁니다."

바스티안이 마지못해 사과를 했지만 전혀 반성하는 태도는 아니었다. 그런데도 말도스 공작은 일단 그 문제를 접어두었다. 그가 버르장머리 없이 행동하는 것이 어제오늘 일은 아닌 탓이다.

그리고 그의 말대로 자신이 한때는 그에게 빌붙어서 아부하던 시간이 있었기에 더 그럴 수밖에 없었다. 비록 루드리히 2세를 보호하기 위해 위장한 것이기는 했지만 말이다.

"아무튼 다 좋습니다. 이제 어서 아바마마의 유지가 무엇인지 꺼내놓으시지요. 물론 우리가 충분히 납득할 만한 공정한 유언장을 꺼내셔야 할 것입니다."

"선왕께서도 두 분의 입장을 아셨는지 충분히 납득할 만한 유언장을 남기셨습니다. 물론 그 모든 것을 제가 다 할 수는 없는 일이겠지요. 그렇게 되면 또 다른 의심을 낳을 테니까요. 그래서 선왕 폐하의 유언장은 다른 분이 읽어드릴 것입니다. 이제 나오시지요, 가브리엘 대사제님."

크리스티안이 눈을 새빨갛게 물들이며 스산한 목소리로 그렇게 말했다. 수틀리면 가만 안 두겠다는 무언의 압박이다. 하지만 그가 그러거나 말거나 말도스는 자신이 해야 할 이야기만 하고는 갑자기 대사제를 불렀다.

"안녕하십니까? 신 가브리엘이 두 분 왕자님을 뵈옵니다."

"오, 이런 어서 오십시오, 가브리엘 대사제님."

"반갑습니다, 대사제님."

가브리엘 대사제는 칼론 왕국에서 가장 신망이 높은 사람이라고 할 수 있었다.

나이가 무려 여든한 살인 그는 신의 대리자로서 벌써 세 명의 왕을 하늘나라로 인도한 명망 높은 사제이다. 그런 그였기에 욕심 많은 왕자들마저 예의를 갖춘 것이다.

"자, 그럼 대사제님께서 직접 선왕 폐하의 유언을 읽어주시지요."

"아, 대사제께서 유언장을 가지고 계신 것입니까?"

말도스의 말에 크리스티안이 뭔가 찜찜한 듯 얼른 끼어들며 되물었다.

"그렇습니다. 선왕께서 직접 작성하신 친필 유언장이지요."

"으음, 어서 들어봅시다. 과연 아바마마께서 어떤 유언을 남기셨는지 궁금하군요."

이번에는 가브리엘의 말에 바스티안이 재촉했다. 하긴 다들 루드리히 2세의 유언이 몹시 궁금하긴 궁금할 터였다. 거기에 왕국의 미래가 결정될 수 있기 때문이다.

"신의 부르심은 언제나 공정하지. 그때가 언제이든 내가 이승을 떠날 때를 대비해 모두에게 나의 마지막 부탁을 남기려 한다. 이제부터 하는 나의 모든 말을 반드시 지키기를 바라며 그게 곧 법임을 인정하기 원하노라……."

이렇게 시작된 유언장의 내용은 두 왕자의 얼을 빼놓기에 충분했다.

"왕위 계승 자격은 아들 세 명에게 모두 공평하게 주려고 한다. 어느 아들이든 피치 못할 사정이 있을 경우 그의 입지를 그의 아들에게 승계해도 좋다."

"잠깐만요. 어째서 아들을 세 명이라고 하신 거죠? 루카스는 이미 죽었잖습니까?"

가브리엘 사제가 여기까지 읽자 크리스티안이 브레이크를 걸었다. 설마 유언장에 공식적으로 죽은 것으로 되어 있는 루카스가 거론될 줄이야. 이거야말로 엄청난 반전이다.

"그분이 살아 있다는 증거가 입수되었습니다. 뿐만 아니라 그분의 아드님도요. 그러니 충분히 자격이 있습니다."

"말, 말도 안 돼! 어떤 증거인지 보여주십시오! 그렇지 않으면 인정할 수 없습니다!"

"그건 저도 마찬가지입니다. 셋째가 죽은 지가 벌써 이십 년입니다. 그런데 살아 있다니요. 믿기 힘든 이야기로군요."

둘이 공모해서 죽였으니 더 섬뜩할 것이다.

물론 간혹 세간에서 루카스가 살아 있다는 이야기가 돌기는 했다.

그러나 그때마다 철저하게 확인을 했고, 결국 그게 헛소문이라는 것을 알아냈다. 그런데 살아 있다니…….

"증거는 어차피 왕좌에 누가 앉는지 결론이 날 때 저절로 알게 될 것입니다. 그런 이상 그분의 공정한 경쟁을 위해 지금은 밝힐 수 없습니다. 그 점 양해해 주시기 바랍니다."

"으음, 좋습니다. 셋째가 왕좌에 도전한다면 결국 다시 보겠지요. 어서 그다음이나 읽어보십시오. 너도 불만 없겠지?"

"미심쩍은 부분은 있지만 형님 말씀대로 두고 보면 알겠죠."

계속 따지고 들면 결국 자신들이 저지른 죄를 스스로 밝혀야 할지도 모르는 노릇인지라 결국 왕자들은 한발 뒤로 물러서고 말았다.

게다가 그들 말대로 루카스가 왕위 쟁탈전에 끼어들게 되면 보기 싫어도 저절로 보게 될 것 아니겠는가.

"이제부터 왕위를 물려받을 수 있는 가장 중요한 조건을 말씀드리겠습니다."

"으음, 드디어……."

"흠, 설마 그렇지는 않겠지."

이 부분에서 다들 묘한 기대감을 나타냈다. 바스티안은 바스티안대로, 또 크리스티안은 크리스티안대로 각기 믿는 구석이 있기 때문이다.

그래서인지 가브리엘 사제도 잠시 동안 말을 멈추고 침묵을 지켰다. 그러면서 가만히 크리스티안과 바스티안의 얼굴을 천천히 살펴보았다. 그러다가 이윽고 다시 입을 열었다.

2

왕들의 무덤은 궁궐의 북쪽에 위치해 있었다.

대대로 왕이 죽으면 그 시대 최고의 무덤을 만들어 그 안에 안장한다. 그래서인지 루드리히 2세가 비록 역사에 남을 만큼 위대한 왕은 아니었지만 그의 무덤만큼은 크고 웅장했다.

핑핑.

"컥!"

"욱!"

스르르.

죽은 지 벌써 사흘이 지났지만 아직 왕의 무덤 근처에는 제법 용맹해 보이는 기사들이 지키고 있었다. 하지만 어느 순간, 두 개의 검은 그림자가 나타나더니 그런 그들을 눈 깜짝할 사이에 눕혀 버렸다.

"정말 형은 대단해요. 어떻게 마법까지 쓸 수 있는 거죠?"

"방금 그것은 마법이 아니야. 마나를 뭉쳐서 허공으로 날린 것이지."

장내에 나타난 검은 그림자는 바로 슌과 율라였다.

두 사람은 약속대로 루드리히 2세를 되살리기 위해 온 것이다.

"네에? 그, 그게 가능해요? 그런 경지는 오로지 그랜드 마스터만이 가능할… 엄마야! 형, 설마……?"

"다시 말하지만 그런 잣대로 자꾸 나를 재려 하지 마라. 나는 그런 것마저 초월한 사람이니까. 후후, 어서 가자."

오로지 전설로만 내려오는 존재, 인류 역사상 인간은 없었고 드래곤이 검을 들고 인간 흉내를 내면서 보여주던 경지가 바로 그랜드 마스터이다. 그리고 마나를 몸에서 분리시켜 외부로 날릴 수 있는 것이야말로 그랜드 마스터의 특징이다.

그것을 떠올린 욜라는 온몸에 소름이 돋는 것을 느꼈다. 이제야 손의 진짜 경지가 어느 정도인지 약간이나마 감지할 수 있었기 때문이다. 물론 손의 진짜 실력은 그보다 훨씬 높았지만 말이다.

"와우, 왕의 무덤은 생전 처음 보는데 정말 화려하네요."

"아무리 화려한 무덤에 들어가면 뭐 하겠어? 어차피 죽으면 알지도 못할 텐데. 어서 들어가기나 하자."

"네."

무덤 안은 정말 넓고 컸다. 방도 세 개나 되었다.

손은 그중 관이 놓여 있는 방으로 욜라와 함께 들어갔다. 그리고는 아무런 망설임도 없이 오른손으로 관 뚜껑을 바로 들어 올렸다.

몹시 무거운 철제 뚜껑이었지만 그것은 마치 종이라도 되는 양 힘없이 들리더니 곧 옆쪽으로 사라졌다.

"내가 주변의 기척을 감지해 보고 있을 테니 어서 이것을 할바마마의 입에 흘러 넣어주라고."

"알았어요."

손이 내미는 병은 얼마 전 루드리히 2세가 들이켠 것과 매우 흡사하게 생겼다. 욜라는 그것을 바로 그의 입 위에서 한 방울씩 조심스럽게 떨어뜨려 주었다. 그러자 두 눈을 꼭 감은 채 양손을 자신의 가슴 앞에 가지런히 모으고 있던 루드리히 2세의 몸이 갑자기 부들부들 떨리기 시작했다.

드드드드.

"어머나! 제, 제가 뭔가 실수를 한 건가요?"

"아니니까 걱정하지 마. 할바마마의 몸이 심하게 떠는 이유는 지난 삼 일 동안 모든 신체 기능이 멈춰 있었기 때문이야. 멈춰 있던 게 풀리려니 몸이 발작을 하는 거지. 앞으로 오 분 정도 후면 완전히 깨어나실 테니 안심하고 기다리라고."

"하아, 그럼 다행이고요. 정말 깜짝 놀랐거든요. 만일 저 때문에 어르신께 무슨 일이라도 생기면 전 정말… 흑!"

갑자기 욜라가 눈물을 흘리자 손은 기겁했다.

최근 들어 그녀에게 점점 더 깊은 애정을 느끼고 있는 그였으니 그럴 수밖에.

휙~ 쫘악!

"갑자기 왜 울어?"

"전 정말 어르신을 좋아하거든요. 제 평생에서 처음으로 친할아버지의 정을 느끼게 해주신 분이니까요. 그런데 조금이라도 잘못되면 제가 어찌 저분을 계속 뵐 수 있겠어요."

"허허, 자네 때문에 내가 죽게 된다고 해도 나는 절대 원망하지 않았을 게야. 그러니 어서 이리 와보게."

"어르신!"

휘익~ 덥석!

바로 그때, 그녀의 말을 루드리히 2세가 받아주었다.

거기에 감격한 율라가 마치 번개처럼 그의 품안으로 파고들었다. 천애고아로 태어나 오로지 어둠 속에 숨어서 살생을 일삼던 그녀는 루드리히 2세에게 친할아버지와 같은 애정을 느꼈는지도 모른다.

그녀의 그런 감정에 동화된 것인지 루드리히 2세도 그녀를 마주 안아주었다.

"몸은 괜찮으십니까?"

"너무 힘이 넘쳐서 당장 뛰어다니고 싶을 정도이다. 시간이 얼마나 지난 것이냐?"

지켜보던 순이 묻자 율라가 가만히 그의 품속에서 벗어났다. 그러자 루드리히 2세는 그런 그녀의 손을 꽉 잡아주며 물었다.

"겨우 삼 일이 지났을 뿐입니다. 이제부터 제가 할바마마께 멋진 쇼를 보여드리기에 아직 시간이 충분하다는 뜻입니다."

"멋진 쇼라……. 그거 정말 기대되는구나."

"그러기 전에 우선 소개시켜 드릴 분이 계십니다. 어서 나가시지요."

루드리히 2세가 일어서자 손이 그런 그를 살짝 부축하며 말했다.

"어디로 갈 생각이냐?"

"일단 궁 밖에 있는 제 동료들에게 갔다가 다시 이곳으로 돌아오게 되실 것입니다."

"다시 돌아온다고?"

이미 세상 사람들에게 그는 죽은 사람이다. 특히 궁 안에서는 그게 더 큰 불편함이라 할 수 있었다. 대부분의 사람들이 왕의 얼굴을 알고 있으니 말이다. 그런데도 손이 되돌아올 거라고 하니 놀랄 수밖에 없었다.

"말도스 공작이 비밀 장소를 만들어놓았으니 걱정하실 필요 없습니다. 그곳에 계시다가 쇼가 마무리될 때쯤 등장하시면 되니까요."

"허허, 그랬구나. 아무튼 너는 내 생각보다 훨씬 더 잘 성장한 것 같아 기쁘다. 이 큰일을 이리도 쉽게 진행할 뿐 아니라 무엇 하나 허술한 것이 없으니."

이런 대화를 나누는 사이 그들은 곧 왕들의 무덤에서 벗어났다. 그러자 입구에 화려하지는 않지만 제법 잘 달릴 것 같은 팔두마차가 대기하고 있다.

"어서 타시지요."

"그러자꾸나."

숀의 일행이 마차에 오르자 마차가 무서운 속도로 질주했다. 그러다가 왕성의 북문 앞에서 멈추어 설 수밖에 없었다.

왕자들의 군대가 아직 인근에 주둔하고 있어서 그런지 검문검색이 워낙 심했다.

"우리는 공작 각하의 패를 가지고 있다! 어서 문을 열어라!"

"죄송합니다만 패를 보여주십시오."

"여기 있다!"

마차를 몰고 있는 사람은 멋진 갑옷을 입고 있는 기사였다. 비록 마부석에 앉아 있었지만 워낙 당당한 태도를 보여서 그런지 성문 경비병들은 그의 기세에 압도당했다.

당연한 것이 그는 바로 현재 무적 기사단의 조장인 하인리였다. 그도 한때는 일반 병사였기에 마차를 모는 일쯤은 별게 아닐 터였다.

"각하의 패가 확실하다! 어서 성문을 열어라!"

그그그궁!

현재 왕성 안에서 가장 높은 사람은 바로 말도스 공작이었다.

그가 발행한 통행패가 있는데 누가 감히 마차 안을 살펴보려고 하겠는가. 때문에 숀의 일행은 너무도 쉽게 성밖으로 달려 나갈 수 있었다.

"말도스 공작과 같은 충신이 있다는 것은 우리 왕국의 복이라고 할 수 있지."

"그건 저도 동감입니다. 처음에는 그가 첫째 왕자의 사람인 줄 알고 제거하려고 했는데 알고 보니 그야말로 최고의 충신이더군요."

루드리히 2세가 말도스 공작을 칭찬하자 숀도 거기에 맞장구를 쳐주었다. 그러나 그의 말을 듣던 왕의 안색이 이상하게 어두워져 갔다.

"너는 백부들을 용서하지 않을 생각이로구나?"

"그것을 어찌 아셨습니까?"

"네가 바스티안을 단지 첫째 왕자라고 칭하는 것을 듣고 짐작해 보았다. 용서할 생각이었다면 백부라고 칭했겠지."

과연 루드리히 2세는 예리했다. 그는 단지 호칭 하나만으로 숀의 속마음을 정확히 짚어낸 것이다. 거기에는 숀도 놀랄 수밖에 없었다.

"감히 할바마마를 독살하려고 한 무리입니다. 아무리 제게는 백부들이라고 하지만 저의 아버지와 어머니, 그리고 할아버지까지 죽이려는 그들을 더는 두고 볼 수 없습니다. 설혹 그게 다른 사람의 사주와 음모 때문이라고 해도 말입니다."

"휴우, 거기에 대해서는 나도 뭐라 할 말이 없구나. 하지만 그 어떤 경우에라도 네가 직접 그들을 죽이지는 말아라. 그렇게 되면 훗날 그 사건이 너에게 매우 좋지 않은 걸림돌이 될 수도 있거든. 자신의 동생과 아버지까지 죽이려고 한 그들과 네가 똑같은 인간이 되어서는 안 될 테니까."

루드리히 2세의 말을 듣는 순간, 숀은 문득 커다란 깨달음을 얻었다.

'그렇구나! 내 손에 그들의 피를 묻히면 나도 그들과 다를 바 없는 인간이 되는 셈이다. 먼저 시작하든 나중에 시작하든 핏줄을 죽이는 것은 틀림없을 테니. 휴우, 쇼의 마지막 부분을 약간 수정해야겠구나.'

숀이 이런 생각을 하는 사이 마차가 도착했는지 멈추어 섰다.

"도착했습니다!"

"내리시지요. 기다리는 분들이 있습니다."

"허허, 누구일지 궁금하구나."

덜컥!

마차 문이 열렸다. 그러자 아무 생각 없이 내리려던 루드리히 2세의 눈에 누군가가 들어왔다.

순간, 그의 몸이 멈칫했다.

"너, 너, 너는……?"

"아바마마!"

그런 그의 앞에는 꿈에 그리던 아들 루카스와 그의 부인이 눈물을 흘리며 그를 맞이하고 있었다.

Chapter 11

퍼스트니 벌판

건들면죽는다

1

칼론 왕국의 왕성에서 약 1백 킬로미터 떨어진 곳에 퍼스트니라는 이름을 가진 벌판이 있었다.

이곳은 원래 거대한 목장이었는데 이백여 년 전 지독한 전염병이 돌면서 황폐한 곳으로 변해 버렸다.

넓이만 무려 3천 헥타르(약 9백 9만 평)에 달하는 이곳은 농사를 지을 수도 없었기에 간혹 대규모 병사들의 훈련장으로 쓰일 뿐이었다. 하지만 최근 들어서는 왕자들로 인해 칼론 왕국의 병사들도 분열이 될 상태라 거의 이용되지 않고 있었다.

그런데 지금 바로 그 퍼스트니 벌판에 엄청난 병사들이 두 편으로 나누어 집결해 있었다. 바로 바스티안 왕자의 병력과 크리스티안 왕자의 병력이었다.

"결국 아바마마 덕분에 이곳에서 결판을 내게 생겼군. 후후, 가소로운 녀석. 내 오늘 형에게 덤빈 것이 얼마나 어리석은 일이었는지 똑똑히 보여주마. 이보시오, 체사레 백작."

"네, 저하."

그중 동쪽에 진을 펼쳐 놓고 있던 무리의 우두머리인 바스티안 왕자가 그렇게 중얼거리다 체사레를 불렀다.

"그들은 언제 온다고 하였소?"

"지금쯤 근처에 도착했을 겁니다. 제국의 별 아리스타 왕자의 말에 의하면 자신들은 미리 나설 필요가 없다고 하더군요."

"미리 나설 필요가 없다? 그럼 언제 모습을 드러내겠다고 하는 거요?"

체사레의 말에 바스티안의 안색이 어두워졌다.

들리는 소문도 그렇고 자신이 직접 느끼기에도 그렇고 크리스티안은 지금 소드 마스터이다.

이 말은 현재까지 그가 무적이라는 말이다.

현재 양쪽의 군대는 정확히 오만 대 오만. 거의 비슷한 전력이지 않은가. 거기에 마법부대의 능력도 거기서 거기다. 어째서 두 왕자가 이십 년 동안 견제만 해왔는지 알 만한 대목이다.

물론 다들 이 병력 외에 여분의 군대가 더 있기는 하지만 그것 역시 대동소이했다. 그런데 이런 상황에서 전투가 벌어지면 무조건 바스티안 진영이 지게 되어 있었다.

상대의 진영에 소드 마스터가 있었으니 당연한 이야기다. 그것을 알고 있기에 이처럼 바스티안도 초조해하는 것이다.

"전투가 진행되다가 적들 가운데 가장 강한 자가 등장하면 그때 나타나서 순식간에 그자를 처리해 주겠다고 합니다. 이후 내내 함께 싸우는 것은 당연하다고도 하더군요."

"흐음, 아리스타 왕자가 직접 그렇게 말한 것이오?"

성격이 더럽든 재수가 없든 아리스타는 어쨌든 제국의 왕자다. 한번 내뱉은 말을 번복할 사람은 아니라는 뜻이다. 그것을 알기에 바스티안은 얼른 다시 물었다.

"그렇습니다. 그리고 그의 말이 떨어지자 그곳에 모여 있는 세 명의 기사가 동시에 모두 고개를 끄덕이더군요."

"세 명이라……. 그들은 어느 정도 실력이 있는 것 같았소? 아리스타와 비교해서 많이 처지는 것처럼 보입디까?"

바스티안은 아직 아리스타 말고는 제국의 사람들을 보지 못했다. 단지 아리스타와 함께 온 자들도 보통은 넘는다는 것만 유추해 볼 뿐. 그랬기에 그들을 만나고 온 체사레를 통해 그들의 실력을 좀 더 알아보고 싶었다.

"한 명은 그런 것 같았습니다만 나머지 두 사람은 아리스타 왕자님과 비교해도 별 손색이 없는 것 같았습니다. 제가 가늠할 수 있는 실력자들이 아니니 정확한 것은 알 수 없습니다만……."

"공이 그렇게 느꼈다면 최소 소드 익스퍼트 상급 실력은 넘는다는 뜻이겠구려. 아마 그 정도면 크리스티안을 처리하는 데 아무런 문제도 없을 거요. 이 천둥벌거숭이 같은 놈. 이번에야말로 인생의 쓴맛을 제대로 보여주마. 흐흐흐."

소드 마스터도 엄연히 그 단계가 존재한다.

처음 마스터에 오르면 초급이고, 초급 실력자 두 사람을 동시에 물리칠 수 있으면 중급이며, 중급 실력자 두 사람을 동시에 이겨야지만 상급이라고 할 수 있었다.

그러나 아직까지 대륙 역사상 초급 이상의 소드 마스터가 등장한 적은 없었다. 그 말은 제국의 별 아리스타나 크리스티안 왕자도 역시 초급의 소드 마스터라는 뜻이다.

게다가 크리스티안의 진영에는 그를 제외하면 소드 익스

퍼트 중급 정도의 실력자도 그리 많지 않을 정도로 형편없었다.

그건 바스티안도 마찬가지였지만 제국의 사람들이 합류하게 되면 사정은 백팔십도 달라진다. 그것을 깨달았기에 그는 이처럼 득의의 웃음을 흘릴 수 있는 것이다.

"그럼 이제 어떻게 하실 생각이십니까? 먼저 도발을 시작할까요?"

"어허! 그게 지금 무슨 헛소리요? 아직 이곳에는 오지 않은 사람이 있다는 것을 잊었소?"

선천적으로 아부를 좋아하고 잔머리가 잘 돌아가는 체사레였기에 그는 기분이 좋아진 바스티안에게 얼른 제안했다. 그러나 오늘은 재수가 없었는지 오히려 눈총만 받고 말았다.

"아, 제가 깜빡했습니다. 정말 죄송합니다, 저하!"

"나는 아직도 루카스가 살아 있다는 말을 믿지 못하고 있소. 하지만 죽기 직전까지 정신이 오락가락하던 노인네가 막판에 쓸데없이 녀석을 거론했을 리는 없소. 특히 당사자가 없으면 아들이 대신한다는 그 대목이 마음에 걸려. 루카스에게 아들이 있다는 것은 진작 알았지만 분명 죽었을 텐데… 젠장! 이 병신 같은 새끼들이 도대체 일을 어떻게 처리한 거야!"

대꾸를 하고 있다가 갑자기 혼잣말을 하더니 끝에는 누군가에게 화를 버럭 냈다. 그 바람에 괜히 체사레만 놀랐다.

그리고 같은 시각, 크리스티안의 진영에서도 비슷한 문제가 거론되고 있었다.

"흐음, 제국 놈들이 근처에 와 있는 것이 확실한가?"

"그렇습니다. 워낙 민감한 자들이라 1킬로미터 이상 거리를 띄우고 따라다니기는 했습니다만 그들이 틀림없었습니다."

크리스티안의 질문에 그의 심복 텐신이 대꾸했다.

텐신의 수하들은 대부분 정보부 소속인지라 누군가를 미행하는 데는 탁월한 능력을 가지고 있었다. 게다가 제국의 사람들을 미행할 무렵부터는 그들에게 드워프제 특수 망원경까지 지급했기에 더욱 나아진 상태이다. 하긴 아마추어처럼 미행을 했다가는 소드 마스터까지 있는 제국의 사람들에게 걸리지 않을 수 없었을 터이다.

"여전히 세 놈이더냐?"

"그렇습니다. 그 유명한 아리스타 왕자와 그의 측근들입니다. 그런데 그들을 어떻게 막아야 할지 정말 난감합니다. 아리스타 왕자가 소드 마스터인 거야 이미 온 세상이 아는 일이고 그의 수하 두 명도 보통이 아닌 것 같았거든요."

역시 강자는 누가 봐도 티가 나는 모양이다. 체사레가 그랬듯이 텐신도 아리스타의 수하 중 두 명을 무척 높게 평가하고 있었다.

"너는 나를 믿지 못하는 게냐?"

"그, 그럴 리가 있겠습니까? 단지 적들에게는 소드 마스터 한 명과 그에 육박할 것 같은 실력자가 두 명이나 있어서 난감한 것뿐입니다. 행여 그들이 합공이라도 하는 날에는 저하께서 위험에 처할 수도 있으니까요."

소드 마스터가 되었다고 해서 신이 되는 것은 아니다. 인간인 이상 능력의 한계는 있는 법이고, 그것을 살짝 벗어난 적이라면 감당하기 어려운 것이 당연했다. 즉 지금 텐신의 걱정은 지극히 정상적인 반응이라는 말이다.

"흐흐흐! 네가 지금 혼자 괜한 걱정을 하고 있구나. 내가 비밀 한 가지를 말해 줄까?"

"비, 비밀이요?"

갑자기 크리스티안의 목소리가 낮아졌다. 왠지 머리털이 곤두서는 느낌이다. 그렇다고 그런 감정을 내보일 수는 없었기에 텐신은 최대한 침착한 모습으로 되물으려 했다. 그런데도 말이 떨려 나왔지만 말이다.

"나는 지금 소드 마스터 초급의 실력자다. 하지만 그건 평소에 그렇다는 말이지. 만에 하나 나의 검에 적들의 피를 묻히게 되면 상황은 조금 달라진다."

"어, 어떻게 달라집니까?"

이제 소름이 끼칠 정도였지만 그렇다고 입을 다물고 있으면 괜한 불똥이 튈 것 같았기에 텐신은 있는 힘을 다해서 다시 질문을 던졌다.

"피를 많이 묻히면 묻힐수록 강해지지. 제국의 놈들이 한꺼번에 달려들어도 이길 수 있을 만큼 말이야. 흐흐흐, 그게 나의 비밀이다. 그러니 너는 그저 내가 시키는 대로만 하면 된다. 알겠나?"

"알겠습니다!"

다른 사람은 몰라도 텐신만큼은 크리스티안이 얼마나 괴물적인 요소가 많은 사람인지 알고 있었다. 그런 이상 그가 말도 안 되는 이야기를 해도 믿을 수밖에 없었다.

"그나저나 놈의 흔적은 발견했는가?"

"놈… 이요? 아, 루카스 왕자님 말씀이십니까?"

"멍청한 녀석. 그럼 내가 관심 가질 만한 녀석이 그놈 말고 또 누가 있다는 말이냐. 나는 지금 그놈이 진짜 이 들판에 나타날 것인지 그게 궁금하다는 말이다."

"그, 그건 저도 잘……."

텐신이 목을 잔뜩 웅크리며 간신히 대꾸하는 바로 그때, 벌판의 남쪽에서 커다란 진군의 북소리와 함께 일단의 무리가 달려오기 시작했다.

둥! 둥! 둥! 둥!

두두두두!

그런 그들의 선두에서 두 명의 기사들이 들고 오는 깃발은 분명 루카스를 상징하는 사자의 깃발이었다. 드디어 그가 나타난 것이다.

2

퍼스트니 벌판에 운명의 삼형제가 모두 모인 이유는 바로 루드리히 2세의 유언 때문이었다.

그는 왕위를 계승하려면 이곳에서 모든 왕자들이 모여 결판을 지으라고 한 것이다. 사실 이것은 모두 숀의 머리에서 나온 작전이었다. 그리고 그는 아버지 루카스를 앞세운 채 벌판으로 향하고 있었다.

"허허, 이게 얼마 만에 느껴보는 긴장감인지 모르겠구나. 과연 검이나 제대로 휘두를 수 있을지……."

"그런 걱정은 하지 마세요. 어차피 아버지 곁에는 든든한 호위병이 있으니 그저 편안하게 논다고 생각하시면 됩니다. 나머지는 저와 제 식솔들에게 맡기세요."

숀이 여기까지 말하자 갑자기 루카스의 품속에서 꼴라가

불쑥 고개를 내밀었다. 실로 오랜만에 등장하는 녀석이다.

—치이익~ 갸르릉~ 갸릉~

"하하! 그래, 네가 있어서 내가 든든하구나."

"이 녀석이 대체 뭐라고 하는 게냐?"

"자기가 있으니 아무 걱정 하지 말래요."

루카스도 이제 꼴라와 꽤 친해졌다.

아직은 숀의 어머니 샤롯데와 훨씬 가까웠지만 그래도 이제는 그의 품속에 들어갈 만큼 친밀해진 것이다.

하지만 꼴라가 그의 말은 알아들어도 그가 꼴라의 말을 알아들을 수는 없었다.

"아마 대륙 역사를 통틀어 킹 까테말로와 소통할 수 있는 사람은 주군께서 유일하실 겁니다. 앞으로 세월이 아무리 흘러도 말입니다."

"그건 나도 멀린 대마법사와 같은 생각이오. 내 아들이기는 하지만 저 녀석은 태어날 때부터 우리말을 알아들은 것이 분명하오. 아무도 믿지 않겠지만 나는 그것을 느꼈거든."

루카스의 이 말에는 숀도 깜짝 놀라고 말았다.

그의 말은 틀림없는 사실이기 때문이다. 그는 어머니 샤롯데의 뱃속에서 이미 언어를 익히지 않았던가. 하지만 어떻게 루카스가 그 사실을 짐작할 수 있던 것인지 그것만큼은 선뜻 이해하기 어려웠다.

"아버지, 어떻게 그걸 아셨어요?"

"어떻게 알기는… 네가 천재이니 그 정도는 당연한 것이라고 생각한 거지. 하하하!"

"네에? 그건 너무 무책임한 말씀 아닌가요? 아무리 천재라고 해도 태어나자마자 말을 이해한다는 것은 도가 지나친 상상이죠."

"그런가? 네가 그렇다니 그런가 보지, 뭐."

모처럼 부자간에 나누는 이야기다.

그래서인지 이렇게 한심한 대화를 주고받아도 루카스는 마냥 즐겁기만 했다.

"왕손 저하, 퍼스트니 벌판이 보입니다!"

"그렇다면 애초 계획대로 깃발을 준비하고 북을 울리도록 하라!"

그러나 그 즐거움은 그리 오래가지 못했다. 기사대장 벨룸의 보고 때문이다.

이제 손은 모두에게 자신의 정체를 알리고 더 이상 감추지 않았다. 어차피 왕자들과 담판을 지으러 가는 마당에 더 이상 숨길 필요는 없었다.

그래서인지 그의 모습은 한층 더 카리스마가 넘쳐 보였다.

"알겠습니다! 기수들은 앞으로!"

"기수들 앞으로!"

명령에 따라 앞으로 나온 기수들은 커다란 사자 문양이 그려져 있는 깃발을 들고 있었다.

바로 루카스가 젊은 시절 자신의 상징으로 선택한 고유의 문양이다.

그들이 앞으로 나서자 벨룸이 다시 큰 목소리로 명령을 내렸다.

"진군의 북을 울려라!"

"북을 울려라!"

둥! 둥! 둥! 둥!

히이이잉!

커다란 북소리가 울려 퍼지자 말들이 크게 울며 땅을 더욱 박차고 속도를 올리기 위해 잔뜩 몸을 사렸다.

지금까지는 그저 약간 빠른 걸음 정도의 속도였다. 이로 보아 말들도 진군의 북소리를 알아듣는 것 같았다.

"전속력으로 전진!"

"부대~ 전속력으로!"

히이이잉~!

두두두두두!

숀의 부대는 그야말로 미친 코뿔소 떼처럼 무섭게 달리

기 시작했다.

애초부터 그의 부대는 전부 기마병으로 이루어져 있었다. 나중에 포로로 잡았다가 합류시킨 병사들도 그동안 말타는 훈련을 통해 역시 기마병이 되었다.

그래서인지 그들이 달리는 모습은 확실히 뭔가 달라 보였다.

달리는 것만으로도 적들의 사기를 죽일 만큼 힘찼다. 전체 병력 숫자는 고작 일만 명에 불과했지만 그들의 기세는 하늘을 찌르고도 남았다.

그렇게 그들은 전장에 도착했다.

"부대 정렬!"

"정렬!"

히이이잉! 푸드덕!

크리스티안의 오만 병력과 바스티안의 오만 병력 중간에 자리를 잡은 손의 군대는 비록 숫자는 훨씬 적었지만 기세만큼은 그 어떤 군대보다 대단해 보였다. 그래서인지 한동안 양쪽 왕자들의 진영이 술렁였다.

"저 병사들은 뭐야? 왠지 분위기가 살벌한데?"

"그러게 말이야. 마치 기사들만 모아놓은 것 같아."

"가만, 검은색 갑옷과 투구, 거기에 흰색 갑옷을 입은 단장까지… 헉! 저, 저들은 바로 무적 기사단이다! 공포의 무적 기사단이 분명해!"

"뭐라고? 그, 그럼 무적 기사단이 실제로 존재하고 있었다는 말이야?"

이제야 하는 말이지만 이미 엄청난 소문이 칼론 왕국 전역에 퍼져 있었다.

그 소문의 주인공은 바로 전투 마법사와 무적 기사단이다.

무려 일천팔백 명으로 이루어진 사상 초유의 거대 기사단. 그들이 공격을 시작하면 그 어떤 적도 살아남지 못한다고 알려졌다.

물론 숀이 소피아 상단을 이용해 퍼뜨린 이야기지만 그 효과는 실로 엄청났다.

소문이 퍼지기 시작한 지 불과 열흘 만에 칼론 왕국 내에서 그들의 이름만 대면 우는 아이마저 울음을 그친다고 알려졌으니 말이다.

그런 기사단이 진짜로 왔다고 하는데 어찌 왕자들의 병사들이 동요하지 않을 수 있겠는가.

하지만 숀의 군대의 위용은 그뿐이 아니었다. 그들에게는 소문의 첫 번째 주인공인 전투 마법사들도 있지 않은가.

"마법사들은 어서 적들에게 우리가 도착했음을 알려라!"

"전투 마법사 출동!"

"와아아아~!"

두두두두!

무서운 기세로 정렬해 있던 새로운 부대 안에서 갑자기 일단의 무리가 뛰어나왔다.

갑옷인 듯싶지만 알고 보면 가죽 로브를 입고 있는 희한한 마법사들. 바로 전투 마법사였다.

그들을 이끌고 있는 멀린이 갑자기 오른손에 들고 있던 금빛 지팡이를 번쩍 치켜 올리며 외쳤다.

"파이어 볼을 쏴라!"

"파이어 볼~!"

"파이어 볼~!"

부아아아앙~!

달리고 있는 로브의 마법사들이 갑자기 팔을 쭉 뻗어 집채만 한 파이어 볼을 쏟아내기 시작했다.

그게 어찌나 무서운 속도로 달려들던지 구경하던 두 왕자의 병사들은 그야말로 혼비백산하고 말았다.

"으아악! 이, 이쪽으로 날아온다!"

"으헉! 모, 모두 피해라!"

우르르르!

자칫하면 이대로 양쪽 병사들의 진영이 무너질 판이다. 그러나 바로 그때.

"그만하라!"

"명령이 떨어졌다! 마법을 거두어라!"

"회수!"

퍼퍼퍼펑!

하얀 백마를 타고 나타난 손이 한마디 하자 그렇게 살벌해 보이던 파이어 볼이 순식간에 사라졌다.

하지만 왕자들의 병사들은 그때까지도 제정신을 차릴 수 없을 만큼 큰 충격을 받았다.

"으으, 말을 타고 달리면서 마법을 쓰는 마법사가 있다는 말은 모두 사실이었어. 지옥에서 등장했다는 전투 마법사까지 실제로 존재할 줄이야. 이 전쟁은 그만두어야 해. 절대 우리는 무적 기사단과 전투 마법사를 이길 수 없다고! 으아아아!"

다다다다!

너무 심할 정도로 겁에 질린 병사 하나가 이렇게 외치다가 갑자기 머리를 감싸 쥐고 열을 이탈했다.

너무 두려워서 거의 미쳐 버린 것이다. 하필 그는 크리스티안 왕자의 병사였다.

"미친놈. 활을 이리 다오."

"네, 저하! 여기 있습니다!"

크리스티안은 그 모습을 바라보고 있다가 짜증이 났는지

옆에 있던 보좌관에게 활을 받아 들었다. 그러더니 활을 뒤로 힘껏 잡아당겼다가 놓았다.

피잉~ 퍼석!

"……."

풀썩!

그러자 마치 번개처럼 화살이 날아가 그 병사의 머리를 박살 내버렸다.

그는 끽소리도 내지 못하고 즉사했다. 어찌 보면 너무나도 잔인한 조치였다.

다들 그렇게 생각했는지 순식간에 벌판 전체가 침묵에 휩싸였다.

"방금 전에 도착해서 이런 쇼를 보여준 자가 루카스인가?"

그럴 때 화살을 날린 주인공인 크리스티안이 작지만 모두의 귀에 또렷이 들리는 음성으로 물었다. 시선은 숀의 진영을 향한 상태이다.

다그닥 다그닥!

"그렇소, 둘째 형님. 형님들을 만나는 기념으로 이 막내 루카스가 작은 이벤트를 준비했는데, 어떻소? 꽤 볼 만하지 않았소?"

그러자 부대가 쫘악 갈라지며 그 안에서 루카스가 서서

히 나타나며 말했다.

비록 이십 년이라는 세월이 지났지만 바스티안과 크리스티안은 단번에 그를 알아볼 수 있었다.

그리고 그런 두 왕자의 눈에서는 안타까움과 반가움, 그리고 회한이 동시에 떠올랐다가 사라졌다.

그것은 찰나에 불과했지만 숀은 그것을 똑똑히 볼 수 있었다.

Chapter 12

전투 방식

건들면 죽는다

1

"내가 형님들에게 마지막으로 부탁드리겠소. 과거의 잘못은 묻어둘 테니 모두 항복하시오. 그리고 나에게 진심으로 사과하시오. 그렇지 않으면 나도 나의 아들을 막을 수 없을 거요."

"너의 아들? 그 녀석이 소드 마스터라도 되는 게냐? 그가 얼마나 대단하기에 우리 앞에서 그런 망언을 남발하는 거지?"

"루카스, 20년 만에 나타나더니 정신 줄을 놓고 다니는 모양이구나. 무적 기사단과 전투 마법사가 진짜 천하무적인 줄 아는 모양이네. 쯧쯧."

자신을 죽이려고 한 형들이다. 그런데도 루카스는 마지막 기회를 주려고 했다. 하지만 이미 권력에 눈이 돌아버린 그들이 그의 말을 들을 리가 없었다. 어차피 말로 설득하기는 글러먹었다는 뜻이다.

그것을 뼈아프게 깨달은 루카스는 결국 고개를 절레절레 흔들고 말았다.

"그래도 어렸을 때는 꽤나 친하던 우리였는데⋯ 정말 안타깝군요. 그럼 이제 나의 아들을 소개하겠소. 숀, 앞으로 나와라. 백부들에게 네 존재는 알려드려야지."

다그닥 다그닥!

루카스가 자신을 불러내자 뒤쪽에 있던 숀이 천천히 앞으로 나섰다. 일부러 마나는 거의 느끼지 못하도록 막은 채였다.

"그렇지 않아도 기다렸습니다. 개보다 못한 백부들이지만 어쨌든 인사는 해야겠지요. 안녕하십니까? 내가 바로 루카스 왕자님의 아들 숀입니다. 제 이름을 잘 기억하셔야 할 겁니다. 자칫하면 당신들 목숨을 앗아갈 수도 있는 사람이니까요."

"어린 새끼가 주둥이를 함부로 놀리는 것만 배운 모양이로군. 내가 오늘 모든 재앙은 입에서부터 시작된다는 것을 손수 가르쳐 줘야겠어. 어쨌든 조카이니 말이야."

"이제 겨우 소드 익스퍼트 입문 단계 수준의 녀석이 우리 목숨을 앗아가겠다고? 루카스가 정말 불쌍해지는구나."

세 명의 왕자와 숀은 각자의 진영 앞에 서서 이렇게 기 싸움부터 시작했다.

사실 이것도 알고 보면 숀의 작전이었다. 모든 병사들 앞에 서 두 왕자의 죄를 스스로 털어놓게 만들려는 수작 말이다.

"나의 아버지는 물론 어린 조카까지 죽이려고 한 인간들 주제에 버릇없는 조카의 말은 듣기 싫은 모양이군요. 참 양 심도 없는 사람들이야."

"뭣이라고! 누가 가서 저놈을 잡아오너라! 내 저놈의 버 르장머리를 고쳐 주겠다!"

"제가 가겠습니다! 하아~!"

두두두두~!

숀의 말에 흥분한 바스티안이 소리를 질러댔다. 그러자 그의 곁에 있던 기사 한 명이 대답과 함께 바람처럼 말을 몰고 달려 나갔다.

이런 경우 무언의 기사 대 기사의 대결을 하자는 뜻인지 라 상대방 쪽에서도 일대일로 싸울 수밖에 없을 터였다. 그 게 기사도의 나라에서 통용되는 기본 예의이다. 즉 지금 달려 나간 자는 그 점을 노리고 혈혈단신으로 뛰쳐나갈 수 있었던 것이다.

"나는 바스티안 왕자님의 호위 기사대장 에드워드라 하오. 용기가 있으면 나와 일대일로 싸우기를 희망하오!"

"미친놈! 겨우 닭 한 마리 잡는 데 존귀하신 우리 주군께서 나서시겠느냐? 너는 내가 상대해 주마!"

과연 바스티안 진영에서 뛰쳐나온 기사는 범상치 않은 자였다. 왕자의 호위 기사대장이면 절대 호락호락한 자가 아닌 것이다. 이미 왕국 내에서도 알 만한 사람은 알 정도로 말이다.

하지만 숀의 진영에서 앞으로 나선 사람 역시 그리 만만한 자는 아니었다.

그는 바로 기사대장 벨룸이었다.

숀이 처음으로 칼론 왕국으로 나설 무렵 만난 최초의 기사가 바로 그다.

처음에는 숀을 못마땅하게 여기는 바람에 혼이 나기도 했지만 이후 그에게 충성을 바치면서 실력이 일취월장해온 재원이기도 했다. 물론 아직 세상에서는 그의 실력이 얼마나 뛰어난지 모르고 있었다.

그가 생소하기는 방금 뛰어온 바스티안 왕자의 호위 기사대장 에드워드도 마찬가지였다.

"너는 누구냐?"

"나는 숀 왕손님의 기사대장 벨룸이다!"

에드워드의 질문에 벨룸이 당당한 목소리로 대답했다.

"마나도 별로 없는 시골 무지렁이 기사 주제에 감히 나와 싸우려고 하다니… 당장 저리 비키지 못할까!"

그러나 에드워드는 그런 벨룸을 촌놈 취급했다.

그럴 수밖에 없는 것이 그가 숀에게 마나 수련법을 배운 후로 겉으로 드러나는 마나 양이 현저하게 줄어든 것이다.

실제로는 거의 소드 익스퍼트 상급 수준에 육박하고 있었지만 말이다.

아무튼 그런 이유로 에드워드는 벨룸을 완전히 얕잡아 보고 있었다. 거기에 나이까지도 자신이 족히 열 살 이상은 많은 것 같았으니 더 그럴 수밖에 없었다.

"그대는 명색이 기사라는 자가 입으로만 싸우는 법을 배운 모양이로군. 아니면 나와 겨루어볼 용기가 없던가."

"뭣이라고! 이런 애송이 녀석! 내 오늘 네놈의 버릇을 단단히 고쳐 주마! 어서 검을 뽑아라!"

숀의 기사들이 그에게 배운 것은 검법만이 아니었다. 그들은 특유의 입담마저 알게 모르게 배운 것이다. 그리고 거기에 넘어가지 않을 사람은 아무도 없었다.

"후후, 늙은이가 감정 조절도 제대로 하지 못하다니… 이거 너무 싱겁게 끝나겠는걸."

"와하하하~!"

벨룸이 검을 꺼내 들고 앞으로 한 발 나서며 약을 올리자 뒤에 있던 손의 진영에서 커다란 웃음이 터져 나왔다.

바로 비웃음이다. 거기에 마지막 남아 있던 에드워드의 마지막 이성이 우주 저 멀리로 날아가 버렸다.

"이노오옴~!!"

팟! 부우웅~ 슈우욱!

그 바람에 그는 불같이 화가 났고, 그것은 바로 공격으로 이어졌다.

그는 말의 등을 차고 날아오르더니 무서운 속도로 벨룸을 찔러갔다. 과연 이름을 날릴 만한 실력이다. 그러나.

"걸려들었군. 타핫!"

채엥! 서걱!

"큭!"

그 결과는 너무도 어처구니없이 나버렸다.

그의 검이 상대의 가슴을 찌르기 직전 벨룸이 허무할 정도로 간단하게 그 공격을 막아내더니 그 반동을 이용해 그대로 그의 목까지 베어버린 것이다.

스르르, 쿵!

그 일련의 동작이 어찌나 빨랐는지 목이 잘린 지 꽤 지나서야 에드워드는 쓰러졌다.

"……."

"……."

왕국 내에서도 실력으로 명성이 높던 호위 기사대장 에드워드가 단 일 수에 목이 달아나 버렸다.

그것도 본인이 먼저 기습을 했는데도 말이다. 너무 놀라운 이 사건으로 인해 벌판 전체가 침묵하고 말았다.

"벨룸 대장님 만세!"

"와아아아! 벨룸 대장님 멋져요!"

짝짝짝짝!

그러다가 마침내 숀의 진영에서 누군가가 이렇게 환호했고, 이어서 모든 병사들과 기사들이 박수와 함께 함성을 질렀다.

"벨룸, 잘했다!"

"감사합니다, 주군!"

그리고 숀도 벨룸을 칭찬했다. 그러자 병사들의 환호를 받을 때는 그저 웃기만 하던 벨룸의 얼굴에 감격의 표정이 떠올랐다.

칭찬에 인색한 주군에게 들은 칭찬이라 배로 기쁜 모양이다.

"저, 저놈이 대체 누구요?"

"그, 글쎄요……."

"이것 보시오, 체사레 공! 당신은 정보 담당이면서 저런 실력자가 누구인지도 모른다는 말이오?"

자신의 호위대장이 비명도 제대로 지르지 못한 채 단번에 목이 날아가 버렸다.

어쨌든 왕자의 호위대장 정도 되면 수많은 기사 가운데서도 손꼽는 실력자라는 뜻이다. 그러니 바스티안이 받은 충격이 오죽하겠는가.

그런 그가 더 어처구니없는 것은 그런 실력자를 죽인 자가 누구인지 아무도 모른다는 점이다.

이건 실로 심각한 사안이었다. 당장 싸워야 하는 루카스의 진영 안에 저런 실력자가 얼마나 더 있는지 전혀 파악이 안 되어 있다는 뜻이니 말이다.

그건 크리스티안의 진영도 마찬가지였다.

"진짜 전혀 모른다는 말이냐?"

"방금 전 정보부에서 마법 통신을 통해 약간의 실마리를 보내왔습니다."

"그래, 뭐냐?"

그나마 이쪽은 정보부라는 국가 공인 집단을 활용하고 있었다. 아직까지 그곳은 말도스 공작이 깊게 개입하지 않은 모양이다.

"방금 그 기사는 여러 가지 정황으로 보아 렌탈 영지나 크롤 영지 출신의 기사가 분명합니다."

"렌탈이나 크롤 영지? 거기가 어디지?"

사건이 일어날 당시에는 그래도 약간이나마 관심을 가지고 있던 곳이지만 그 이후로는 까맣게 잊은 곳이 바로 그 두 영지다.

그러다 보니 크리스티안은 정작 꼭 알아야 하는 적에 대한 부분은 전혀 염두에 두지 않고 있었다.

때문에 텐신은 간략하게나마 또다시 과거의 사건부터 이야기해야만 했다.

"한때 소드 마스터가 나타났다고 떠들던 곳이란 말이지? 하긴 저 정도 솜씨를 일반 기사나 병사들이 보았다면 그렇게 오해할 만도 하겠군. 하지만 아무리 체크를 해보아도 마나 양은 별게 없는데… 거참, 이상하네."

텐신의 이야기를 통해 이제야 사건의 전말을 약간이나마 이해한 크리스티안은 이번에는 전혀 엉뚱한 결론을 내리고 말았다.

세간에 소드 마스터로 소문났던 존재가 벨룸이라고 믿기 시작한 것이다. 그런데 바로 그때, 또다시 벌판 저 멀리서 일단의 무리가 나타났다.

두두두두!

자욱한 먼지 속에서 다가오는 그들의 깃발에는 말도스 공작을 상징하는 붉은 용이 그려져 있었다. 이제야 오늘 대결의 참관자이자 심판관이 등장한 것이다.

2

숀이 루드리히 2세를 통해 이런 자리를 마련한 이유는 한 가지이다.

사실 처음에는 바스티안 왕자의 부대와 크리스티안 왕자의 부대를 먼저 싸우게 해서 그중 승리한 쪽을 치려는 작전을 세웠다. 그러나 루드리히 2세가 부활(?)한 이후 그의 생각은 바뀌었다.

자신의 계획대로 한다면 엄청난 병사가 희생될 테고, 그것은 곧 칼론 왕국의 국력 저하로 이어질 것이기 때문이다.

그랬기에 그는 고심할 수밖에 없었고, 그로 인해 이처럼 정정당당한 대결을 통해 죄 없는 병사들의 희생을 최대한 줄일 수 있는 방법을 고안해 낸 것이다.

"선대 폐하께서는 누구나 고개를 끄덕일 만한 공정한 대결 방법을 준비해 주셨소. 지금부터 그것을 발표할 것이니 잘 듣고 이의가 있는 분은 손을 들고 말씀해 주면 감사하겠소."

"저는 당연히 동의합니다. 어서 말씀해 보십시오!"

"나도 동의하오."

"나도 그렇소."

호위 기사들과 기마대 일부만을 이끌고 나타난 말도스 공작이 왕자들 앞에서 입을 열었다.

그러자 가장 먼저 루카스가 그의 말에 동의하고 나섰다. 그러자 다른 왕자들도 서로를 힐끔거리다가 동의했다.

"대결의 방법은 다음과 같소. 우선 모든 전투는 총 다섯 번에 걸쳐 해야 될 것이오. 그 가운데 세 번을 이기는 사람이 승자가 된다는 말이오."

"그 정도면 충분하겠군."

이번에는 바스티안이 중얼거렸다.

다른 두 왕자도 그의 말에 수긍하는지 별말 없이 그저 고개만 끄덕였다.

"가장 첫 번째는 기사들 간의 대결이오. 각 진영에서는 모두 열 명의 대표 기사를 선출해서 내보내면 되오. 그렇게 하면 각 세 명의 기사들이 싸우게 될 것이오. 그중 최후의 승리자를 가장 많이 보유한 진영이 승리하는 방식이오."

"세 명이서 싸워서 혼자 남으려면 그저 검술 실력만 가지고 되는 일이 아니로군. 약간의 잔머리도 필요하겠어. 괜찮겠느냐?"

"후후, 저희 기사들은 철저하게 바닥에서부터 기어 올라온 사람들입니다. 그 어떤 방식의 전투에서도 유리한 고지를 점령할 수 있는 능력이 있다는 뜻이지요."

말도스 공작의 설명에 이번에는 루카스가 작은 목소리로 숀에게 말을 걸었다.

슬슬 걱정이 되는 모양이다. 하긴 그는 아직도 무적 기사단의 실력을 잘 모르고 있으니 그럴 만도 했다.

"두 번째는 각기 병사 일천 명을 선출해 그들끼리의 전투를 치르게 할 것입니다. 편을 먹고 다른 한쪽을 먼저 제거해도 상관없습니다. 물론 이런 원칙은 기사 간의 대결에서도 마찬가지입니다. 아무튼 그들 가운데 마지막까지 남는 쪽이 최종 승자인 것이지요."

"그거 아주 재미있겠군. 후후, 일단 바스티안 형과 손을 잡고 루카스 쪽을 먼저 제거해 버리면 되겠어."

말도스 공작의 말에 이번에는 크리스티안이 혼잣말로 중얼거렸다. 역시 그는 아직도 루카스가 가장 마음에 걸리는 모양이다. 자신이 그렇다면 바스티안도 마찬가지일 터.

어쩌면 그것은 최종 승리를 위해서도 현명한 판단일 수 있었다. 숀 측의 입장에서는 매우 기분 나쁜 의도겠지만 말이다.

"세 번째는 마법사 집단 간의 대결입니다. 각 진영의 마법 부대가 출전해 자웅을 겨루는 것이지요. 방식은 앞과 같습니다. 다만 마법사들의 공격 범위는 워낙 넓고 멀기 때문에 어느 정도의 거리 제한을 둘 것이니 이 점은 참고하시기 바랍니다."

"거리 제한을 둔다는 것에는 전적으로 찬성입니다."

"그건 우리도 좋습니다."

이미 전투 마법사들을 본 직후라 크리스티안과 바스티안은 얼른 동의했다.

하지만 이들은 거리 제한이 생기면 마음대로 움직이면서 마법을 사용하는 전투 마법사들이 훨씬 유리하다는 것을 전혀 모르고 있었다.

좁은 곳에서 날뛰며 마법을 난사하게 되면 다른 마법사들은 피할 기회조차 얻기 힘들기 때문이다.

"네 번째는 최강 마법사들 간의 전투입니다. 각자 가장 강한 마법사를 내세워 최고를 가리는 것이지요."

"허허, 주군, 정말 너무하셨습니다. 모든 대결 조건이 죄다 우리에게 가장 유리한 조건이라니… 적들이 이 사실을 알게 되면 입에 거품을 물겠습니다그려."

"그래야 빨리 끝내지. 그렇다고 불합리한 대결 방식은 아니잖아. 큭큭."

마법사들의 전투에 관한 이야기가 나오자 결국 참고 있

던 멀린이 숀에게 다가와 웃으며 이야기를 건넸다.

실제로 말도스 공작이 발표하고 있는 전투 방식은 숀의 부대가 가장 이기기 쉬운 방식이었다. 기사들도 그렇고 마법사들도 그랬다.

"그리고 마지막은 각 진영에서 가장 강한 기사끼리의 대결입니다. 그가 누구든 대표로 나와서 다른 진영의 대표와 싸우게 되는 것이지요. 물론 이 대결에서도 임시로 편을 짜서 다른 한쪽을 먼저 밀어내도 상관없습니다."

"질문 있습니다!"

"말씀해 보시지요, 바스티안 저하."

내용을 듣고 있던 바스티안이 갑자기 손을 번쩍 들고 끼어들었다. 그것을 보고 크리스티안이 눈살을 찌푸렸다. 그가 무슨 질문을 하려는 것인지 대략 눈치를 챈 모양이다.

"대전사를 내세워도 되는 겁니까? 이번 전투에 함께 참여하기로 예정되어 있는 사람이거든요."

바스티안이 질문을 던지자 말도스의 눈이 저절로 숀을 향했다. 은연중 그의 뜻을 타진해 보기 위해서다. 그것을 감지했는지 숀이 살짝 고개를 끄덕여 주었다. 그래도 좋다는 승낙의 의미이다.

"대전사는 허락하겠습니다. 대신, 전투에 참가시키기 전에 그에 대한 인적 사항은 미리 알려주시기 바랍니다."

"그렇게 하겠습니다."

말도스 공작의 말에 바스티안이 마지못해 대답했다.

인적 사항을 미리 말한다는 것이 찜찜했지만 지금은 어쩔 수 없었다. 이 문제만큼은 그 누구도 반길 만한 일이 아니었기에 얼른 넘어가는 것이 현명할 터였다.

"또 질문이 있거나 건의 사항이 있는 분 계십니까?"

"……."

"없으시면 지금부터 전투에 참가하실 분을 선출해서 저에게 제출해 주시기 바랍니다. 기한은 오늘 밤까지이며 전투는 내일 아침부터 시작하겠습니다. 이상."

"수고하셨습니다!"

말도스 공작의 이야기가 모두 끝나자 각 진영이 술렁거리기 시작했다. 내일 전투를 위해 할 이야기가 많은 모양이다.

"이번 전투 방식은 우리에게 너무 불리한 것 아닐까? 저들은 지난 이십 년 동안이나 칼을 갈아온 데다 왕국 최고의 기사들을 보유하고 있다. 거기에 비해 우리 진영은 사람도 적은 것 같고 특출하게 마나를 많이 보유하고 있는 기사도 거의 없잖으냐?"

"마나가 없는 것이 아니라 겉으로 드러나지 않게 갈무리한 것뿐입니다. 알고 보면 우리 기사들의 실력은 실로 대단하니 너무 걱정하지 마세요."

손의 진영에서는 루카스가 걱정을 하고 있었다. 그는 아직 손의 진영 기사들의 마나 수련법이 특수하다는 것을 모르고 있기에 더욱 그럴 수밖에 없었다.

보이는 기사마다 아무리 마나 스캔을 해보아도 도무지 자신보다 높은 실력자를 찾을 수가 없었다.

"그럼 최종전에 나갈 기사도 정해진 것이냐? 여차하면 나도 나설 생각이다만……."

"하하! 아버지께서는 그냥 지켜보기만 하세요. 그것만으로도 우리 병사들에게 큰 힘이 될 테니까요."

이십 년 만에 돌아온 왕국이다.

손 덕분에 아버지 루드리히 2세를 만나서 회포를 푼 것은 최고의 기쁨이었지만 아직 자신과 가족들을 노린 형들이 건재한 상황이 아닌가.

그의 눈으로 보았을 때 그런 왕자들에 비해 아들 손의 힘은 아직 형편없는 것 같았다. 물론 이만큼 세력을 모은 것만 해도 대견하기는 했지만 왕자들에게 복수를 하기에는 시기가 너무 빠르다는 생각이 들었다.

"그럼 우리 진영에서 누구를 최종전에 내세울 생각인지 말해보아라. 그의 능력이 나보다 낮다면 내 깨끗이 물러나마."

"이런 말씀을 드리면 화가 나실지 모르겠지만 사실 우리 기사 가운데 아버지보다 약한 기사는 단 한 명도 없습니다. 최종전에 내보낼 기사는 말할 것도 없고요."

"뭐라고? 너 이 아비가 조금 늙었다고 나를 너무 무시한 것 아니냐? 이래 봬도 한때는 왕국 전체에서도 나는 기사로서 촉망 받던 사람이다. 그런데 너희 기사들 누구와 싸워도 내가 질 거라는 말이냐?"

루카스의 현재 검술 수준은 소드 익스퍼트 초급에서 막 중급에 입문한 정도이다.

하지만 그 정도만 가지고도 자부심을 느낄 만했다. 그랬기에 손의 말에 더욱 화가 난 것이다.

Chapter 13

승부 내기

건들면 죽는다

1

　다른 사람은 몰라도 루카스는 손 진영의 대표라고 과언
이 아니다.

　비록 내부적으로는 손의 영향력이 막강했지만 외부적으
로는 그들 모두가 루카스의 휘하가 아니겠는가. 때문에 손
은 그의 고집에 조금쯤은 난감해지고 말았다.

　'아버지께는 죄송스럽지만 아무래도 이 문제는 풀고 가
는 것이 낫겠구나. 이렇게 가다가 갑자기 진짜 자신이 최종
기사 대결에 나서겠다고 하면 많이 곤란해지겠어.'

결국 이렇게 생각한 숀은 다시 입을 열었다.

"그러시면 우리 기사 가운데 조장급 실력자와 한번 겨루어보시겠어요?"

"겨우 조장급?"

"그것도 아버지의 체면을 생각해서 조금 높인 것입니다. 만일 그를 이기신다면 원하시는 대로 해드리겠어요."

"그렇다면 좋다. 어디 너희 조장급 기사의 실력이 얼마나 대단한지 견식해 보자꾸나."

자존심은 상했지만 자신의 뜻대로 해주겠다는 말에 루카스는 바로 승낙했다.

"기사 하인리, 앞으로."

"네, 주군!"

숀이 왕자임이 밝혀졌지만 그의 수하들은 그를 여전히 주군이라 칭했다.

이는 그를 위해 언제든지 목숨을 바칠 수 있다는 의미의 호칭이다.

"이 사람과 싸워서 이기시면 약속대로 뭐든 아버지 말씀대로 따르겠습니다."

"알겠다. 우리 기분 좋게 한판 해봅시다."

"말씀 편하게 놓으십시오, 왕자 저하."

루카스는 숀의 말에 대꾸하고는 바로 하인리를 돌아보며

살짝 목례를 했다.

대결에 돌입하기 전 기본 예의를 지키는 것이다. 그게 평민 출신의 기사 하인리를 몸 둘 바 모르게 했다.

"시간이 없으니 바로 대결을 시작하겠습니다. 두 분은 이 앞에 서십시오."

"알았다."

"네!"

"자, 그럼 준비, 시작!"

시작 소리가 떨어지자 루카스는 얼른 검을 꺼내 들더니 자세를 살짝 낮추며 하인리의 눈을 쳐다보았다. 그의 허점을 찾기 위해서다.

그러나 반대로 하인리는 너무나도 태연한 모습이다. 그는 검을 뽑지도 않은 채 그런 루카스를 빤히 바라보기만 했다. 마치 도발이라도 하듯이 말이다. 거기에 화가 난 루카스가 마침내 공격을 개시했다.

"타핫!"

슈슈숙~!

"이얍!"

챙그랑~!

"헉! 이, 이럴 수가! 분명 나보다 마나가 낮았는데 어떻게 이런 결과가 나올 수 있는 거지? 휴우, 져, 졌소."

하지만 결과는 참담했다.

선공을 한 루카스의 검이 하인리의 검과 부딪치며 두 동강이 나고 만 것이다.

그뿐만 아니라 그의 검끝이 어느새 루카스의 목젖에 닿아 있었다. 변명의 여지도 없는 완벽한 패배다.

"죄송합니다, 저하. 그러나 시간을 질질 끄는 것은 저하에 대한 모욕이라 생각했기에 저도 최선을 다했습니다."

"아니요. 당신이 정말 기사들의 조장급밖에 안 된다는 사실이 그저 놀라울 뿐이오."

"아버지, 이제 제 말을 믿을 수 있겠지요?"

"그래, 믿는다. 그런데 한 가지만 더 물어보자."

"말씀하세요."

루카스는 기사로서 부끄럽기도 했지만 손의 아버지로서는 오히려 기뻤다. 아들의 수하들이 막강함을 이제야 어느 정도 느꼈기 때문이다.

"내일 전투에서 승산은 어느 정도나 보고 있는 게냐? 오십 퍼센트? 아니면 사십?"

"하하! 아버지도 참. 당연히 백 퍼센트죠. 저희 부대는 질 싸움은 절대 하지 않습니다. 그래서 기사단 이름도 무적 아닙니까?"

"백, 백 퍼센트라고? 허허, 허허허."

"믿어지지 않으시겠지만 내일 두고 보십시오. 그 말을 반드시 증명해 보이겠습니다!"

손이 이렇게 장담하는데도 루카스는 믿지 못했다. 그러나 다음 날 첫 번째 전투가 시작되자마자 그 생각은 우주 저 멀리로 날아가 버리고 말았다.

"기사 크누센 승!"

"와아아아아~!"

"기사 하인리 승!"

"멋져요~ 하인리 조장님!"

처음부터 바스티안 진영의 기사와 크리스티안 진영의 기사들은 손을 잡고 손 진영의 기사들을 협공했다. 그런데도 결과는 모두 손 진영 기사들이 승리를 하고 있었다.

기사 간의 이 대 일 싸움인데도 일인 쪽이 이기고 있으니 어찌 놀랍지 않겠는가.

"허허, 대체 저렇게 강한 기사들을 어디서 찾아낸 것이냐? 저런 강자들이 이렇게까지 많다니… 보고 있으면서도 정말 믿기 어렵구나."

"모두 제가 직접 키운 기사들입니다. 원래는 렌탈 영지와 크롤 영지의 영지 병사들이었지요."

"뭐라고? 그, 그게 정말이냐?"

"제가 왜 아버지께 거짓말을 하겠습니까? 아, 지금 등장

하고 있는 기사가 바로 무적 기사단장입니다. 곧 아버지의
첫 번째 며느리가 될 사람이기도 하지요."

"며, 며느리?"

아직 숀은 루카스에게 정식으로 파비앙을 소개하지 못했
다.

워낙 상황이 숨 가쁘게 돌아가고 있었기 때문이다. 그러
나 파비앙이 전투를 치르기 위해 모습을 보이고 있는데도
시치미를 떼고 있을 수는 없었다.

"네. 파비앙이라고 해요. 렌탈 남작의 장녀이기도 하고
요."

"오호, 렌탈 남작의 장녀라면 보지 않아도 괜찮은 처자이
겠구나. 인물은 어떨지 몰라도 말이야."

파비앙이 등을 돌리고 있었고, 그녀의 앞쪽에는 덩치가
커다란 두 명의 기사가 서 있었기 때문에 루카스는 아직 그
녀의 모습을 볼 수가 없었다. 그러나 그가 인격자로 좋아하
게 된 렌탈 남작의 딸이라는 것만으로도 일단은 합격점을
주고 있었다.

그런데.

"이얍~!"

챙! 창창! 채채챙! 전투가 시작되자 루카스는 넋을 잃고
말았다.

자신의 덩치보다 족히 두 배는 될 것 같은 남자 기사들과 맞서 싸우고 있는 그녀의 모습이 너무나도 아름다웠기 때문이다.

그리고 들려오는 찬사들.

"와아아~ 역시 철의 여기사답다!"

"무적 기사단장님 만세~!"

그녀와 싸우고 있는 자들도 각기 자신의 진영에서는 기사단장급이었다.

그러나 그들은 비겁하게 파비앙을 협공하고 있는데도 이기기는커녕 자꾸만 수세에 몰리고 있었다. 그녀의 너무나도 유연하고 빠른 움직임 때문이다.

"정녕 저렇게 아름다운 여인이 나의 며느릿감이라는 말이냐?"

"네, 아버지."

"녀석, 네가 정말 자랑스럽구나. 허허허."

루카스는 진심으로 기뻐했다.

파비앙의 모습은 너무나도 아름답고 우아하며 매력적이었다.

그가 세상에서 가장 잘났다고 여기고 있는 숀에 비해 조금도 손색이 없었다. 그게 그를 흡족하게 하고 있는 것이다. 하지만 그의 놀람은 그게 끝이 아니었다.

"세상에! 저렇게 아름다운 여인이 있었다니!"

"오오, 여신께서 하강하신 것이 틀림없다!"

파비앙이 승리를 장식한 후 숀의 진영에서 새로운 출전 기사가 등장하자 장내가 크게 술렁였다.

그들의 눈에 실로 눈부시게 아름다운 여인이 등장했기 때문이다. 게다가 그녀가 입고 있는 옷은 갑옷이기는 해도 일반 갑옷과는 완전히 달랐다.

그녀 자신만을 위해 맞춘 것인지 몸매 라인이 그대로 드러나는 데다 기품이 넘치는 흰색으로 만들어져 있었다. 그 때문에 보고 있던 사내들은 눈이 멀 것 같은 아름다움에 취해 버리고 말았다. 그건 그녀와 싸워야 하는 적들도 마찬가지였다.

"아아! 너, 너무 아름답다."

"흐으, 힘이 풀려서 서 있기도 힘들어."

바로 코앞에서 절대 미를 보게 되었으니 어찌 견딜 수 있겠는가. 그들은 입을 헤 벌린 채 흐느적거리다가 결국 그녀의 일격을 맞고 나란히 쓰러져 버렸다.

"기사 소피아 승!"

"와아아아! 소피아 단주님 만세!"

"저, 저 여인은 누구냐?"

그것을 보고 루카스도 넋을 놓은 채 보고 있다가 간신히 물었다.

"저의 두 번째 부인이 될 사람입니다. 이름은 소피아라고 하지요. 과거 돌아가신 에드몬드 백작의 딸입니다."

"허허, 허허허, 네가 이 아비를 여러 번 놀라게 하는구나. 청초한 수선화에 이어서 눈부시게 화려한 장미까지 며느릿감이라니. 아들아."

기쁨의 웃음인지 아니면 허탈한 웃음인지 모를 웃음을 흘리던 루카스가 중얼거리다가 갑자기 손을 불렀다.

"네, 아버지."

"네가 이겼다."

"네에? 그게 무슨 말씀이세요? 제가 이기다니요?"

"아내 복은 네가 낫다는 말이다. 나의 샤롯데가 아름답기는 하지만 너는 그런 여자가 둘이 아니냐."

평소 아내만을 사랑하는 루카스였지만 이 말 속에서는 부러움을 숨길 수가 없었다. 그도 남자는 남자인 모양이다.

"저기… 아버지."

"응?"

"세 번째 며느릿감도 있는데요."

"헐! 그녀는 어디 있는데?"

"저기를 보세요."

루카스의 질문에 손이 인근에서 가장 높은 나무를 가리

켰다. 그러자 루카스의 눈이 그쪽으로 돌아갔고, 순간 별빛처럼 아름다운 눈과 마주쳤다.

씽긋.

그곳에는 방금 본 두 명의 초미녀와 견주어도 밀리지 않을 귀여운 아가씨가 환하게 웃고 있었다.

그리고 바로 그때, 말도스 공작의 외침이 들려왔다.

"첫 번째 전투의 승리자는 루카스 왕자님이십니다!"

"와아아아아~!"

2

병사들의 전투는 더욱 비겁하게 느껴졌다. 각기 일천 명의 병사들이 나섰건만 막상 전투가 벌어지자 숀의 병사들은 자신들보다 무려 두 배나 많은 병력들과 맞부딪쳐야 했던 것이다.

"쳐라!"

"와아아아~!!"

처음에는 분명 세 파로 나뉘어 있었는데 막상 전투가 시작되자 숀의 병사들은 두 배로 늘어난 적들의 공격에 입을 딱 벌릴 수밖에 없었다.

"일단 뛰어!"

"뛰자~!"

두두두두~!

원래 이들은 모두 말을 탈 수 있는 기마병이다. 그러나 이번 전투는 병사들을 대상으로 만들어진 터라 애초부터 말을 탈 수가 없었다. 그야말로 맨발로 뭐 빠지게 뛰어야 한다는 뜻이다.

"놈들을 잡아라!!"

"와아아아~!"

그러자 연합군 형태를 이룬 바스티안의 병사들과 크리스티안의 병사들은 신이 났다.

그들은 첫 번째 전투에서 루카스 측이 승리한 이후라 더욱 기세등등했다. 이번에 이기면 그만큼 큰 상을 받을 수 있을 거라 기대했기 때문이다.

그런데.

"지금이다! 모두 스퀘어 진을 준비하라!"

"네!"

손의 병사들이 한창 도망을 치는 중에 선임병사가 명령을 내렸다. 그러자 그들의 움직임이 희한해졌다.

"이것들이 장난하나? 잡힐 듯 잡힐 듯하면서도 안 잡히네. 더욱 속력을 내라!"

"네!"

두두두두!

쫓고 쫓기는 시간이 한동안 이어졌다.

관전하던 구경꾼들은 그 모습을 지켜보면서 조마조마했다. 사람들은 특히 손의 진영에서는 더 그럴 것이라고 생각하며 그쪽을 보았다. 그런데 의외로 그들은 그리 초조해하는 것처럼 보이지 않았다. 단 한 사람만 빼고 말이다.

"어허, 저, 저러다가 크게 당하는 것 아니냐?"

"하하! 그런 걱정 하지 마시고 그냥 구경해 보세요. 이제 곧 재미있는 장면이 나올 테니까요."

그는 이번에도 루카스였다. 다른 사람들이야 이미 병사들의 훈련 때 스퀘어 진을 본 터라 조금도 걱정하지 않았지만 그는 저러다가 아군 병사들이 크게 당할 것이라고 생각한 것이다.

그런데.

"헉! 저, 저게 어떻게 된 것이냐?"

"우우우~! 이건 말도 안 돼!"

그야말로 환장할 만한 일이 벌어졌다.

그렇게 손의 병사들을 쫓아다니던 크리스티안과 바스티안의 연합군이 어느 순간, 오히려 포로 형태로 손의 병사들에게 밟히고 있던 것이다.

"으악~! 이, 이건 꿈이야!"

"제발 나를 나가게 해줘~!"

밖에서 볼 때는 저희들끼리 발광과 발작을 하는 것처럼 보였다.

투명한 막에 갇힌 듯 일정한 범위 안에서 벗어나지도 못한 채 그들은 하나둘씩 쓰러져 갔다. 실로 보면서도 믿기 힘든 진의 위력이었다.

"저것이 바로 스퀘어(Square) 진입니다. 다수 대 다수의 싸움을 위해 준비한 진이지요."

"스퀘어 진이라고? 그걸 대체 어디서 배운 것이냐?"

숀의 말에 루카스가 도무지 알 수 없다는 듯 물었다. 하긴 어려서부터 함께 살아온 그의 입장에서는 당연한 질문이었다.

"원래 존재하던 트라이앵글 진을 제가 개조해서 만들었습니다. 방위를 넓히고 변화를 추가했더니 의외의 효과가 나오더군요."

"그, 그럴 수가! 우연치고는 정말 위대한 우연을 만났구나! 허허, 스퀘어 진이라……. 어쩌면 역사를 바꿀 수 있는 진이 될지도 모르겠어."

두 부자가 이런 대화를 나누는 동안에도 왕자들의 군은 더욱 처참하게 당하고 있었다. 두 배의 …… 결지만 지금 그런 것은 아무런 소용이 없었다. 그……

국 말도스 백작의 선언이 떨어졌다.

"루카스 군의 승리를 선언하겠다!"

"와아아아아~!"

"루카스 왕자님 만세!"

"숀 왕손님 만세!"

숀 진영은 순식간에 축제 분위기에 휩싸였다. 이제 1승만 더 하면 완벽한 승리자가 되는 것이다. 그리고 그건 루카스 왕자가 왕이 될 수도 있다는 뜻이니 어찌 기쁘지 않겠는가.

"이런 밥버러지 같은 놈들 같으니라고! 두 배의 병력으로 저깟 녀석들도 못 잡는다는 말이냐!"

"……."

반면 바스티안과 크리스티안 진영은 지금 초상집 분위기였다. 두 번의 전투 모두 연합 형태로 진행했건만 단 한 번도 못 이겼으니 그럴 만도 했다.

"이제 한 번만 더 지게 되면 자칫 왕좌를 빼앗길 수도 있다는 것을 모르느냐!"

"죄, 죄송합니다."

스티안이 잔뜩 흥분해서 입에 침을 튀겨가며 소리를
었ᄃ 그의 수하들은 모두 고개를 처박으며 잘못을 빌
때 옳은 말을 한답시고 지껄였다가는 자칫 목이

잘릴 수도 있기 때문이다.

"병신 같은 새끼들. 그저 죄송하단 말밖에 할 줄 아는 게 없지. 쯧쯧."

"저하, 송구합니다만 지금은 흥분만 하고 계실 때가 아닌 것 같습니다."

바로 그때, 바스티안 앞으로 누군가가 다가오며 말했다. 하얀색 로브를 입고 오른손에는 붉은색의 지팡이를 들고 있는 노년의 마법사다.

왠지 범상치 않은 기운이 물씬 풍기는 그를 발견하자 흥분이 지나쳐서 얼굴까지 벌게진 바스티안의 표정이 확 돌변했다.

"이런! 어서 오십시오, 던컨 대마법사님! 그렇지 않아도 언제 오시나 기다리고 있던 참이었습니다."

"허허, 소신처럼 부족한 사람을 기다려 주셨다니 몸 둘 바를 모르겠습니다그려. 그나저나 오다 들어보니 상황이 몹시 어렵다고요?"

놀랍게도 늙은 마법사는 바로 칼론 왕국의 왕궁 마법사 던컨이었다.

그의 나이는 이제 칠순이 다 되었지만 얼핏 보면 중년인이 아닐까 싶을 정도로 젊어 보였다.

이로 미루어 볼 때 그의 마법 수준이 상당함을 유추해 볼 수 있었다.

그가 이 년 전 마지막으로 공식 석상에 나타날 때까지만
해도 그의 실력은 5서클 유저 급으로 알려져 있었다. 그러
나 지금은 그보다 훨씬 강해진 5서클 마스터였다.

그가 이렇게 목에 힘을 주는데도 어째서 바스티안이 그
에게 아부를 떠는지 알 수 있는 대목이다.

"휴우, 그렇습니다. 이제 한 번만 더 패하게 되면 끝장입
니다."

"허허, 이거 왜 이러십니까? 말도스 공작의 원칙대로 세
번 지게 된다 해도 왕좌를 포기하실 리는 없을 텐데요?"

바스티안의 엄살에 던컨이 못마땅한 표정을 지으며 말했
다. 이미 일왕자의 속셈을 알고 있다는 듯이 말이다.

"과연 대마법사님은 못 당하겠군요. 당연히 제가 그의 말
을 들을 필요는 없지요. 하나 만에 하나 루카스 쪽이 이긴
다면 두고두고 후회할 일이 생길 것입니다. 거기까지만 알
고 계십시오."

"저와 끝까지 함께하신다는 약속은 틀림없는 것이지요?"

"그야 여부가 있겠습니까? 그건 오히려 제가 부탁하고
싶은 말인데요. 절대 다른 곳으로 가시면 안 됩니다. 허허
허."

바스티안이 던컨을 매수한 지는 얼마 되지 않았다.

선왕이 죽자마자 달려가서 어마어마한 돈을 안겨주며 영입한 것이니 말이다. 그러나 오늘 그는 그 결정을 너무 잘했다는 생각이 들었다.

잘만 하면 두 번은 졌지만 남아 있는 마법사 전투 두 번과 최종 기사 전투를 모두 이길 가능성이 생겼기 때문이다.

"좋습니다. 그럼 두 번의 승리는 제가 책임지도록 하지요. 그러니 두 다리 쭉 펴고 편히 구경이나 하십시오."

"거 참, 듣던 중 반가운 말씀입니다. 그럼 저는 던컨 대마법사님만 믿겠습니다. 아 참, 전투가 시작되면 우선 크리스티안 측과 손을 잡는다는 것은 알고 계시죠? 루카스 쪽의 마법사들을 모두 처리하고 나면 그때 크리스티안 쪽 녀석들을 박살 내면 될 것입니다."

던컨의 장담에 더욱 기분이 좋아진 바스티안이 말했다. 이미 다 알고 있는 사실인데도 말이다.

"걱정 마십시오. 사실 크리스티안 왕자님 측 마법사들과 손잡을 필요도 없습니다. 아시다시피 우리 마법사들은 서클에 따른 실력 차이가 확연하거든요. 저하께서도 아시겠지만 현재 우리 칼론 왕국 내에 있는 마법사 중에 저에게 이길 수 있는 마법사는 단 한 명도 존재하지 않습니다. 그리고 저보다 서클이 낮은 마법사라면 전혀 신경 쓸 필요가 없지요."

"지당하신 말씀. 그럼 저는 이제부터 던컨 마법사님만 믿겠습니다."

두 사람이 이런 대화를 나누고 있을 때 마침내 말도스 공작의 말이 들려왔다.

"자, 이제부터 마법사들의 전투를 시작하겠습니다. 각 진영의 출전 마법사들은 저쪽에 보이는 특별 장소로 모여주시기 바랍니다."

"자, 어서들 갑시다!"

그러자 바스티안 진영과 크리스티안 진영에서 족히 백여명은 될 것 같은 마법사들이 로브를 휘날리며 등장했다.

그리고 곧이어 멀린을 선두로 한 쇼의 전투 마법사들도 멋진 말 위에 앉은 채 서서히 전투의 현장으로 이동을 시작했다.

3

자신이 주인공이라고 생각해서일까? 왕궁 마법사 던컨은 마법사들이 전투 장소에 도착했건만 자신은 그때서야 천천히 이동을 시작했다.

그것도 금방 멈추더니 주변을 스윽 한 번 훑어보았다. 그 말도스 공작을 향해 입을 열었다.

"모두에게 한 가지 제안이 있습니다."

"말해보시지요."

칼론 왕국의 귀족들 가운데 던컨을 모르는 사람은 없다. 워낙 오랫동안 왕궁 마법사를 해왔기 때문이다.

말도스 공작도 그런 그를 존경해 왔기에 조심스럽게 대답했다.

"전투 순서를 살짝 바꾸어주셨으면 좋겠습니다. 마법사들의 집단 전투가 세 번째인데 그것을 최강 마법사 간의 전투로 바꾸어 달라고 정식으로 건의하겠습니다. 순서를 바꾼다고 크게 달라질 것은 없지 않습니까?"

"으음, 이 문제는 현재 가장 유리한 고지를 차지하고 계신 루카스 왕자님의 동의가 필요할 것 같군요."

다른 두 왕자는 어차피 같은 입장이다. 그들은 이번 대결에서 무조건 루카스만큼은 밀어내야 하는 것이다.

그랬기에 그쪽에서는 그 누구도 던컨의 의견에 이의를 제기하지 않았다. 그가 왕국 최고의 마법사인 만큼 최강자전부터 치르면 무조건 루카스 왕자 측 마법사를 이길 수 있다고 여긴 탓이다.

"우리는 상관없습니다."

"우리도 동의합니다."

루카스가 숀의 눈치를 슬쩍 보자 숀이 얼른 고개를 끄덕여 주었다. 그러자 그는 큰 목소리로 동의했고, 크리스티안 쪽에서도 형식적인 대답이 뒤를 이었다.

"좋습니다. 그럼 이번 전투는 각 진영의 최강 마법사들의 대결로 결정하겠습니다. 다른 마법사들은 제자리로 돌아가 주시고 출전하실 분만 남아주십시오."

"마법사 던컨, 준비됐습니다."

"마법사 세실, 준비됐습니다."

"마법사 멀린, 준비됐습니다."

말도스 공작의 말이 끝나기가 무섭게 전투장에는 세 명의 마법사만이 남아 바로 준비 완료를 외쳤다.

그중 크리스티안이 내세운 마법사 세실은 얼마 전 5서클 유저에 올라선 무서운 신예 마법사였다.

그런 그도 나이가 이미 60이 넘었기에 세 사람 중 멀린이 가장 어렸다. 그랬기에 던컨과 세실은 그를 우습게 여기고 있었다.

"자네가 먼저 공격을 시작하게. 한참 후배를 먼저 공격해서 이기고 싶지는 않거든."

"저 역시 노인네를 먼저 공격하고 싶지는 않습니다. 어릴 때부터 힘없는 노인네들에게는 무조건 양보하라는 가르침을 받았거든요."

펄럭펄럭!

던컨이 자신을 얕잡아보며 말하자 멀린이 숀에게 배운 말발 신공을 발휘했다. 상대방의 약을 바짝 올리는 바로 그 신공이다.

그러자 억지로 화를 참는 던컨의 로브가 바람도 없는데 심하게 펄럭였다. 분노로 인한 마나의 거센 파동이다.

"허허, 힘없는 노인네가 나를 뜻하는 겐가?"

"연세가 칠십이나 되셨으니 힘없는 노인네가 맞겠지요."

"이런 싸가지 없는 놈을 보았나! 감히 왕궁 대마법사님께 그따위로 입을 놀리다니! 내 그 버릇을 단단히 고쳐 주겠다! 파이어~ 버스트~!!"

콰콰쾅!

"헉! 저, 저건……?"

"위험해!"

던컨이 어이없다는 듯 다시 묻자 멀린은 아예 노골적으로 비아냥거렸다. 순간, 가만히 지켜보기만 하던 세실이 갑자기 4서클 공격 마법을 퍼부었다. 그러자 멀린의 코앞에서 무시무시한 폭발이 일어났다.

그로 인해 흙먼지가 자욱하게 일어났고, 루카스 진영의 사람들은 모두 벌떡 일어나고 말았다. 누가 봐도 기습에 당한 것으로 보였기 때문이다. 그런데.

뭉게뭉게.

탁탁.

"쯧, 나잇살을 처먹어도 철없는 마법사가 다 있군요. 그러니 수준이 고작 이것밖에 안 되겠지만요."

"으음, 너, 너는 이미 5서클에 올라섰구나?"

"저, 저럴 수가!"

흙먼지가 서서히 걷히자 그 안에서 멀쩡해도 너무 멀쩡해 보이는 멀린이 자신의 로브를 손으로 털어내며 이번에는 세실을 약 올렸다.

하지만 그는 너무 놀라 그런 것마저 느끼지 못하고 있었다. 그건 구경꾼들도 마찬가지였다.

직격탄을 맞고도 무사하다는 것은 그의 마법 수준이 최소한 공격자와 비슷하거나 더 높다는 뜻이다. 멀린의 나이와 능력을 알고 있는 세실과 던컨이기에 그들은 더 경악했다.

"마나 스캔 상으로는 분명 4서클 마스터급이었는데 어떻게 급속도로 마나가 증가할 수가 있는 거지?"

"거 스캔을 너무 믿지 않는 것이 좋을 겁니다. 이제 어서 던컨 마법사님께서 공격하시지요. 얼른 끝내고 쉬어야 하지 않겠습니까? 그렇지 않으면 노환이 올까 걱정됩니다그려."

멀린의 말발 실력은 이제 거의 경지에 이르렀다.

그가 숀과 함께 가장 많이 다녔기 때문이다. 어찌 생각하면 말이 별것 아닌 것 같지만 그것은 상대에게 생각보다 커다란 영향을 미친다. 지금 던컨이 입에 거품을 물 정도로 화를 내는 것처럼 말이다.

"어린놈의 기고만장한 꼴을 더는 봐줄 수가 없구나. 소원대로 해주마. 모든 것을 불로 가두어 멸망시키리라! 파이어월(Fire Wall)!"

화르르~! 활활~!

그야말로 용광로처럼 뜨거운 불길이 멀린이 서 있는 곳 주변으로 무섭게 치솟아 올랐다.

그 범위가 족히 십 미터는 되는지라 그 안에 갇히면 타죽는 수밖에 없을 것 같았다.

"역시 뭐니 뭐니 해도 구경 중에는 불구경이 가장 재미있죠. 안 그렇습니까, 세실 마법사님?"

"으헉! 네, 네가 왜 여기에……?"

다들 뚫어져라 불의 벽을 바라보고 있을 때 정작 그 안에 있어야 할 멀린은 세실의 바로 옆에서 함께 그 벽을 구경하고 있었다. 그는 심장이 튀어나올 만큼 놀랐다.

"진짜 너무 지루해서 더 봐주지 못하겠군요. 어서 두 분이 한꺼번에 공격하시지요. 그렇지 않으면 제 옷자락 하나 흔들리게 하지 못할 겁니다."

"으으, 나의 파이어 월까지 피하는 것을 보면 설마 너도 5서클 마스터였다는 말이냐?"

5서클 마스터의 마법을 피할 수 있는 사람은 역시 최소 5서클 마스터는 되어야 한다. 갈수록 태산이다.

"그거야 직접 확인해 보면 알 것 아닙니까? 거 자꾸 말만 하지 말고 어서 함께 공격하시지요. 안 그러면 제가 먼저 공격해서 이겼다고 원망해도 모릅니다."

"세실 마법사."

"네, 대마법사님."

"준비하게."

"알겠습니다."

결국 던컨은 합공을 결심했다. 그리고 원래 기사들보다 마법사가 합공에는 더 유리한 법이다. 한 명씩 늘어날 때마다 마법의 강도가 그 이상이 되기 때문이다.

"당신들은 처음부터 이렇게 나와야 했습니다. 개새끼들이 그럴싸하게 포장을 한다고 늑대가 될 수는 없거든요."

"뭣이라고! 이노옴~! 뒈져라! 익스플로젼(Explosion)!"

"불타라~ 파이어 랜스(Fire Lance)!"

멀린의 아름다운(?) 욕설에 두 마법사가 극도로 흥분했다. 그리고 그것은 무시무시한 폭발과 섬뜩한 화염의 창으로 변해 고스란히 멀린을 향해 날아왔다.

멀린도 이번에는 그냥 피하지 않았다. 대신 양팔을 활짝 벌리며 칼론 역사, 아니, 대륙 역사에 새로 기록되는 놀라운 마법을 선보였다.

"어리석은 자들! 에테르 윙(Ether wing)!"

슈우욱~!

"멀, 멀린 마법사님의 어깨에 날개가 생겼다!"

"맙소사! 저건 인간 한계의 끝이라는 7서클 마법이다!"

"오오오! 칼론 왕국에 진정한 대마법사님께서 현신하셨다!"

모두가 기절할 것처럼 놀라는 그때 유유히 허공에 떠올라 있던 멀린의 입에서 일갈이 터져 나왔다.

"신성한 마법을 함부로 사용한 너희들을 응징하노라! 라이트닝 스톰!"

우르르르! 콰콰콰쾅~!

"으아아악!"

"캐애액!"

이건 그야말로 장관이었다. 아니, 엄청난 충격을 던져 준 장엄한 마법이었다.

사방에서 번개가 나타나 무서운 폭풍처럼 던컨과 세실을 뒤덮어 버렸다. 그리고 곧 그들은 걸레처럼 너덜너덜해져 버렸다.

그나마 멀린의 자비로 마법 능력은 잃어버렸지만 목숨만큼은 건진 것이다.

"으, 저희가 눈이 멀었습니다. 감히 대현자이신 분을 몰라 뵙다니… 죽여 주소서, 위대한 대마법사시여!"

"대마법사님의 현신을 뵈옵니다!"

들판에 존재하고 있던 모든 마법사들이 벌떡 일어났다가 일제히 바닥에 머리를 조아리며 인사했다. 그러자 멀린이 허공에서 천천히 내려서며 다시 입을 열었다.

"일어나라, 나의 형제들이여. 이제 그대들과 나는 오로지 칼론 왕국의 마법사일 뿐이니라. 그 점을 잊지 말라."

"명심하겠나이다! 무엇이든 명만 내려주소서! 목숨 걸고 이행할 것입니다!"

단 한 점의 마나를 가진 마법사라면 대마법사의 명령은 감히 거역할 수 없었다.

그들에게는 신과 마찬가지이기 때문이다. 그리고 어차피 왕좌의 주인은 결정 난 상황이다. 두 왕자만큼은 아직도 그것을 인정하지 않고 있었지만 말이다.

Chapter 14

대단원

건들면죽는다

1

"이로써 오늘 전투의 최종 승자는 루카스 왕자님으로 결정되었습니다."

"와아아아~!"

"루카스 왕자님 만세!"

"숀 왕손님 만세!"

"멀린 대마법사님 만세!"

말도스 공작의 말이 떨어지기 무섭게 숀의 진영에서는 난리가 났다.

시골 무지렁이 병사와 기사들이던 그들이 새로운 왕의 최측근이 되는 순간이 아니겠는가.

하지만 숀은 여전히 차가운 눈빛을 한 채 그런 그들을 향해 오른손을 번쩍 치켜들었다가 빠르게 내렸다. 정숙하라는 뜻이다.

"싸움은… 이제부터 시작이다. 모두 단단히 전투 준비를 하고 대기하라. 알겠나?"

"네, 알겠습니다!"

이미 결과가 나왔건만 숀은 벌판의 좌측과 우측에 있는 숲을 노려보며 명령을 내렸다. 그리고 바로 그때.

"겨우 이따위 장난으로 왕위를 결정할 수는 없다! 전군, 공격하라!"

"와아아아~!"

"우리도 질 수 없다! 모두 공격!"

"와아아아!"

좌측 벌판을 차지하고 있던 크리스티안이 먼저 명령을 내리자 오만의 군대가 무섭게 돌진을 시작했다.

그것을 보고 바스티안도 같은 명령을 내렸다.

이렇게 되면 엄청난 피해가 발생할 것이 분명했다. 그건 애초부터 숀이 바라던 바가 아니었다.

"으음, 저들과 같은 피를 나눈 형제라는 것이 부끄럽구

나. 우리는 겨우 일만 명에 불과한데 적은 무려 십만이다. 이를 어떻게 해야겠느냐?"

"후후, 걱정하지 마십시오. 제게 생각이 다 있습니다."

루카스의 심각한 걱정 속에서도 숀은 태연했다.

그러나 그의 여인들이나 다른 사람까지 그런 것은 아니었다.

"왕자님."

"주군."

"걱정 마시오, 파비앙, 그리고 소피아. 내가 그대들을 지켜주겠소."

"아아, 당신을 믿어요."

"저도요."

숀은 자신의 손을 잡으며 걱정스러운 눈빛을 던지고 있는 파비앙과 소피아를 가볍게 안아주며 이렇게 큰소리를 쳤다.

그러고는 그녀들을 살짝 밀어내며 앞으로 당당히 걸어나갔다.

그런 그의 앞쪽에는 무려 십만 명의 병사들이 달려오고 있었다.

"멀린 대마법사."

"네, 주군!"

비록 오늘 극적인 깨달음으로 인해 멀린은 7서클 대마법사가 되는 기적을 일구어냈지만 여전히 그에게 숀은 존경과 절대 복종을 바쳐야 하는 주군이었다.

"우선 오늘의 성취를 축하하네."

"감사합니다. 모두 주군 덕분입니다."

멀린이 가만히 다가오자 숀은 대뜸 그의 성취부터 축하해 주었다.

그의 발전 과정을 가장 잘 아는 사람이 바로 그가 아니던가. 그랬기에 멀린은 그의 축하가 너무나도 고마웠다.

"하하! 정말 그렇게 생각한다면 그것을 증명해 보게."

"네? 그게 무슨 말씀이신지……?"

"저놈들이 깜짝 놀라서 더 이상 전진할 수 없도록 하면 내 그대의 충성을 믿어주지."

숀의 말에 멀린의 표정이 비장해졌다.

어떤 마법으로 적들의 발을 묶어둘 것인지 고민하는 모양이다.

사실 7서클 마법사가 괜히 대마법사가 아닌 것이다.

이제 그는 혼자서도 이 들판에 있는 모든 마법사를 상대해도 이길 정도였다. 그만큼 지금 멀린의 능력은 상상을 초월하고 있었다.

"알겠습니다! 에테르 윙!"

둥실.

"그럼 명을 수행하고 오겠습니다!"

"믿어보겠네."

손 혼자 설쳐도 십만 군대쯤은 아무것도 아니다.

하지만 그는 아직 자신의 능력을 마구 꺼내고 싶지 않았다.

그의 곁에서 함께하고 싶어 하는 사람들을 놀라게 하고 싶지 않은 탓이다.

그랬기에 이번에도 우선 멀린을 이용하는 것이다.

그리고 멀린 역시 그의 그런 심정을 어느 정도는 알기에 다시 에테르 윙을 펼쳐 허공 높이 떠올랐다.

"이 대지의 분노로 너희들을 다스리겠노라! 어스퀘이크(Earthquake)!!"

드드드드! 지지직! 쿠쿠쿠쿵!

"지, 지진이다! 모두 멈추어라!"

"땅이 갈라진다!"

히이이잉!

갑자기 땅이 요동치더니 쩍 갈라져 버렸다.

그러자 달려오던 십만 명의 병사들은 억지로라도 멈출 수밖에 없었다.

그리고 바로 그때, 이번에는 손의 신형이 허공을 향해 마치 걸음을 걷듯이 올라가기 시작했다.

"역적을 돕는 자들도 역적이다. 그리고 역적이란 왕의 명을 거역하는 무리를 일컫는 말이지."

"오! 저, 저기를 봐라."

"헉! 저분은 대체 누구지?"

한참 떨어진 거리인데도 이제 허공에 둥둥 떠서 입을 열고 있는 숀의 말은 벌판 안에 있는 모두의 귀에 또렷이 들리고 있었다.

그래서인지 그들은 지금 엄청난 경외심과 묘한 압박감을 동시에 느끼고 있었다.

"나는 선왕이시자 할바마마이신 루드리히 2세의 뜻을 받들어 지금부터 역적들을 처단하기 위해 나왔다. 만에 하나 그런 나의 뜻을 거역하는 자들은 역시 같은 역적으로 간주할 터이니 이 점 명심하라."

"네가 선왕의 유지를 받들고 있다는 것을 무엇으로 증명할 수 있다는 말이냐!"

"어린놈이 개소리하지 말고 어서 사라져라!"

숀의 위압적인 태도에 약간이나마 주눅이 들어 있던 두 왕자가 동시에 항의했다.

그러자 숀이 앞으로 쭈욱 날아가 그들의 앞에 섰다.

십만의 병사와 거리가 매우 가까워진 것이다.

정말 놀라운 경공이었지만 사람들은 그게 모두 마법사 멀린의 솜씨로 착각하고 있었다.

챙! 번쩍!

"다들 이게 무엇인지 알아보겠는가?"

"오! 저, 저것은 설마 호국의 검?"

"말, 말도 안 돼! 저 검이 어째서 저 어린놈에게 있는 거지?"

"그, 그럴 리가 없어! 호국의 검은 전설 속에서나 존재하는 검이라고!"

웅성웅성!

숀이 허공에서 밝은 빛이 번쩍이는 검을 꺼내 들자 가장 먼저 말도스 공작이 경악했다.

그리고 뒤를 이어 바스티안과 크리스티안도 놀라움을 감출 수 없었다.

이어서 기사들과 병사들도 한동안 수군거렸다. 누구나 칼론 왕국에 호국의 검이 존재함을 알고 있는 것이다.

왕국이 멸망할 위기에 처하면 등장한다는 왕의 검이 바로 그것이다.

그리고 칼론 왕국의 백성이라면 그 누구를 막론하고 이 검 앞에서는 허리를 숙이고 무조건 복종해야만 한다.

"감히 호국의 검을 거역하겠다는 건가?"

"신 말도스 공작, 진정한 호국의 검주님을 뵈옵니다!"

털썩!

"검주님을 뵈옵니다!"

우르르르!

검의 위력은 대단했다.

말도스 공작이 그 앞에서 무릎을 꿇자 대부분의 기사들과 병사들까지도 무릎을 꿇은 것을 보면 말이다.

이런 현상은 숀이 나타날 때부터 두 왕자가 루카스와 숀을 죽이려 했다는 것이 밝혀지면서부터 어느 정도 예견되어 있었다.

고도의 심리전인 것이다. 하지만 두 왕자가 이런 꼴을 그냥 넘길 리 없었다.

"개소리하지 마라! 제국의 별이여! 나서라!"

"이제야 불러주다니… 몸이 근질거려서 혼났소. 하하하!"

"크흐흐흐, 이 건방진 놈! 너는 내가 직접 죽여주마!"

바스티안 진영 쪽에서는 제국의 별 아리스타가 수하들과 함께 나타났고, 크리스티안 진영 쪽에서는 크리스티안 본인이 눈을 새빨갛게 물들이며 무서운 형상으로 돌변하고 있었다.

드디어 소드 마스터들이 등장한 것이다.

"자, 그럼 어디 한번 놀아볼까?"

비비빙~!

"크크, 여기도 있다!"

비비빙~!

"오러 블레이드다!"

"오오! 소드 마스터가 나타났다!"

그들은 나타남과 동시에 검에 마나를 불어 넣어 전설 속에서만 회자되던 오러 블레이드를 만들어냈다.

그러자 여기저기에서 감탄사가 터져 나왔다.

만일 여기서 숀이 죽어버린다면 호국의 검은 아무런 소용도 없어지는 것이다.

"아아, 내 아들이 위험하다."

"허허, 왕자 저하, 제가 보기에는 저 두 사람이 불쌍할 뿐입니다. 걱정 말고 가만히 지켜보소서."

"그, 그럴 수가……!"

루카스가 떨리는 목소리로 걱정하자 멀린이 그런 그를 위로해 주었다.

그리고 바로 그때, 무려 두 명이나 되는 소드 마스터가 마침내 땅을 박차고 날아올랐다.

"가랏, 애송이!"

"여기도 있다!"

팟팟! 쎄에에에엑!

거대한 오러 블레이드 두 개가 자신에게 다가오고 있건

만 손은 여전히 태연하게 떠 있기만 했다. 그러다가 두 개의 검이 자신의 몸에 닿으려는 순간.

"잘 가라!"

그의 몸에서 엄청난 빛이 터져 나오더니 그것이 주변을 가득 채워 버렸다. 그리고.

"크아아악~!"

"캐애애액~!"

두 사람의 처절한 비명성이 울려 퍼졌다.

2

그날 제국의 위대한 별이라던 소드 마스터는 시신의 흔적조차 찾을 수 없었다.

워낙 산산조각으로 찢어져서 허공으로 흩어졌기 때문이다. 그리고 마의 힘으로 소드 마스터까지 올라간 크리스티안은 비록 피투성이가 되어버렸지만 목숨은 건질 수 있었다.

대신 마의 능력은 모두 잃어버렸지만 말이다.

이후 손은 바스티안까지 사로잡아 모두 이끌고 궁 안으로 들어갔다.

"바스티안 일왕자는 자신의 동생을 시해한 죄와 조카까

지 죽이려 한 죄를 물어 바투 섬에서 평생을 살도록 명하겠다. 그리고 크리스티안 이왕자는 감히 자신의 친부까지 살해하려 한 죄를 물어 사형에 처해야 마땅하지만 모두 마에 물들어 그런 짓을 저질렀음이 확인된 바, 평생 테이론 섬에 유배시키겠노라."

"크흐흑! 감사합니다, 아바마마."

"그곳에서 평생 참회하며 살겠습니다, 아바마마."

놀랍게도 궁 안에는 루드리히 2세가 멀쩡하게 살아 있었다.

덕분에 숀은 두 왕자의 기사들과 병사들을 더욱 쉽게 다룰 수 있었다.

그뿐만 아니라 두 백부의 처분까지도 루드리히가 직접할 수 있어서 마음이 편했다. 아무리 미워도 핏줄은 핏줄 아니겠는가.

"이제 짐은 늙었다. 게다가 이미 한 번 죽은 몸이다. 해서 나는 왕좌를 이만 물려주려고 한다."

"아바마마, 그것은 불가하옵니다."

죄인들을 벌한 다음 루드리히 2세는 갑자기 깜짝 발표를 했다.

숀에 의해 건강해졌지만 이제 왕 노릇에 대한 미련이 사라져 버린 것이다.

거기에 놀란 루카스가 극구 말렸지만 그의 고집은 확고했다.

그러자.

"그러시다면 저 역시 왕좌를 물려받지 않겠습니다. 대신 이번 일의 최대 공로자인 숀을 왕으로 세워주십시오."

"아버지!"

이번에는 불똥이 숀에게 튀었다.

이제 결혼을 해서 세 명의 마눌님들과 알콩달콩 재미 볼 생각에 잔뜩 부풀어 있는 그에게는 그야말로 마른하늘에 날벼락이었다.

"그거 아주 마음에 드는 생각이로구나! 그럼 오늘부터 숀을 제29대 왕으로 봉하겠노라!"

"할바마마!"

"만일 거부할 시 꽃 같은 손자 며늘아기들과의 혼사를 허락하지 않을 것이니 잘 생각해라."

찌리릿~!

그 한마디에 파비앙과 소피아, 그리고 욜라의 살벌한 눈빛이 그의 얼굴에 동시에 날아와 꽂혔다.

그건 소드 마스터의 오러 블레이드보다 훨씬 두려운 공격이었다.

천하의 숀마저도 꼼짝할 수 없는…….

"받, 받아들이겠습니다. 크흐흑!"

결국 이렇게 해서 숀은 칼론 역사상 가장 위대한 왕이자 훗날 최초로 대륙을 일통시키는 황제의 길을 걷게 되었다.

하지만 아직 그의 인생의 고생은 끝이 아니었다. 아니, 어쩌면 이제야 진짜 시작인지도 몰랐다.

3

"폐하, 오늘 밤 저 혼자 재우실 거예요?"

"아, 오, 오늘은 두 번째 부인과 동침하는 날 아니오?"

그는 밤마다 꽃보다 아름다운 부인들에게 시달려야 했다.

워낙 아름답고 정숙한 그녀들이었지만 숀에 대한 애정 공세만큼은 도가 지나칠 정도로 적극적이었던 것이다.

"하지만 소첩은 오늘 폐하와 함께 자고 싶단 말이에요."

"그, 그게……."

"호호호! 언니, 그럼 함께 자면 되죠."

"히잉~ 나도 끼워줘요!"

처음에는 너무나 황홀하고 좋기만 했다.

여자 셋이 함께 자겠다고 달려드는데 그 어떤 남정네가 싫어하겠는가.

하지만 무엇이든 지나치면 독이 된다더니 그게 맞는 모양이다.

"어머나! 폐하! 코, 코에서 피가……!"

"으허헉! 피라고?"

벌떡!

"어머, 이를 어째. 어서 약재를 가져올게요."

천하제일의 강자인 그도 결국 밤에 코피를 터뜨리고 말았다.

과연 여인의 치마폭 위력 앞에서는 그도 별수 없는 모양이다.

"좀 어떠세요, 폐하?"

"방금 드신 것은 멀린 대마법사님께서 직접 제조한 포션이에요. 그분 말씀에 의하면 이것을 마시고도 아프면 백 퍼센트 엄살이라고 하던데……."

"뭣이! 그 영감탱이가 죽고 싶어서!"

"어머, 벌떡 일어나셨다!"

"진짜네! 아잉~ 폐하, 어제도 그냥 넘어갔는데 오늘은 힘 좀 쓰셔야죠. 오호호호!"

이날 밤 숀은 꽃다운 그녀들 틈에서 허우적거리며 밤새 멀린을 저주했다.

하지만 이렇게 고된(?) 나날들이 가져온 대가는 그리 나쁘지 않았다. 아니, 좋아도 너무 좋았다.

"응애~ 응애~!"

"축하드립니다! 예쁜 공주님이십니다!"

"앵앵앵~!"

"축하드립니다. 씩씩한 왕자님이 탄생하셨습니다!"

바로 눈에 넣어도 아플 것 같지 않은 자신의 2세들이 태어난 것이다.

"고맙소! 정말 다들 고맙소!"

전생에서의 그는 그야말로 외톨이 신세였다.

그러나 이생에서는 부모님도 있고 뒤늦게 찾은 할아버지도 있으며 무엇보다 예쁜 마눌님이 셋이었다. 그리고 마침내 자녀들까지 생기지 않았는가.

그는 문득 밤하늘을 올려다보며 생각했다.

'이제 내가 바라던 모든 것을 얻었다. 큭큭, 그렇다면 이제부터 다시 시작해 볼까? 이곳 대륙도 꽤 넓지만 이제 더 이상 나의 힘을 감출 필요가 없으니 어디 신나게 두들겨 패대며 놀아보자고. 흐흐흐!'

그동안 꾹꾹 눌러두었던 살수의 본능이 그의 안에서 무섭게 깨어났다.

이쯤에서는 괴물의 본성을 드러내도 가족들이 도망갈 것 같지 않았다. 측근들도 말이다.

그런 이상 너무도 맛있어 보이는 먹잇감을 그냥 두고 볼 수만은 없었다.

대륙이라는 그럴싸한 먹잇감을 말이다.

『건들면 죽는다』 완결

초대형 24시 만화방

신간 100%, 샤워실, 흡연실, 수면실(침대석), 커플석, 세탁기 완비

▪ 강북 노원역점 ▪

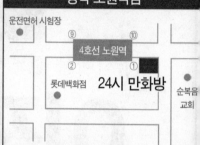

서울 노원구 상계동 340-6 노원역 1번 출구 앞 3층
02) 951-8324 (화용빌딩 3층)

▪ 일산 정발산역점 ▪

라페스타 E동 건너편 먹자골목 내 객잔건물 5층
031) 914-1957

▪ 일산 화정역점 ▪

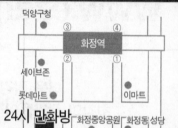

경기도 고양시 덕양구 화정동 984번지 서일빌딩 7층
031) 979-4874 (서일사우나 건물 7층)

▪ 부천 역곡역점 ▪

역곡역(가톨릭대)
● CGV
역곡남부역 사거리
24시 만화방
홈플러스
삼성 디지털프라자

역곡남부역 기업은행 건물 3층
032) 665-5525

▪ 부평역점 ▪

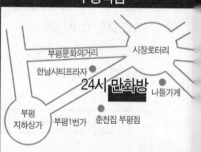

(구) 진선미 예식장 뒤 보스나이트 건물 10층
032) 522-2871

이경영 판타지 장편소설

FANTASY FRONTIER SPIRIT

그라니트

용들의 땅

GRANITE

사고로 위장된 사건에 의해 동료를 모두 잃고 서로를 만나게 된 '치프'와 '데스디아'.
사건의 이면에 상식을 벗어난 음모가 있음을 알게 된 둘은
동료들의 죽음을 가슴에 새긴 채 각자의 고향으로 돌아간다.
2년 후, 뜻하지 않게 다시 만난 두 사람은 동료들의 복수를 위해
개척용역회사 '그라니트 용역'을 설립해 다시금 그 땅을 찾게 되는데……

용들이 지배하는 땅 그라니트!
그곳에서 펼쳐지는 고대로부터 이어지는 운명적 만남,
깊어지는 오해, 그리고 채워지는 상처.

『가즈 나이트』시리즈 이경영 작가의 미래형 판타지 신작!

Book Publishing CHUNGEORAM

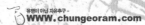

유행이 아닌 자유추구 -
WWW.chungeoram.com

FUSION FANTASTIC STORY

인기영 장편소설

리턴 레이드 헌터
Return Raid Hunter

하늘에 출현한 거대한 여인의 형상……
그것은 멸망의 전조였다.

『리턴 레이드 헌터』

창공을 메운 초거대 외계인들과
세상의 초인들이 격돌하는 그 순간.
인류의 패배와 함께 11년 전으로 회귀한 전율!

과연 그는, 세계의 멸망을 막을 수 있을 것인가.

**세계 멸망을 향한 카운트다운 속에서 피어나는
그의 전율스러운 이야기!**

Book Publishing CHUNGEORAM

유행이 아닌 자유추구 -
WWW. chungeoram.com